KB166991

제가 해보니 나름 할 만합니다

40대에 시작한
전원생활, 독립서점,
가사 노동, 채식

제가 해보니
나름 할 만합니다

김영우 지음

흐름출판

산다는 게, 그저 전보다
나은 사람이 되기 위한
여정이길…

종종 마흔 살 이후로 사는 게 참 많이 변했다는 생각을 해본다.

마흔 살이 되던 해 가을, 서울을 떠나 가평의 작은 동네로 삶의 터를 옮겼다. 10년이 지난 지금도 이곳에선 여전한 이방인일지언정 이제는 서울이 낯설게 느껴질 만큼 몸은 이 동네에 적응했다. 얼마 전 모처럼의 약속 덕분에 차 없이 서울 강남에 갔다가 복잡한 거리에, 북적이는 사람에, 수많은 자동차에, 즐비한 카페에, 거대한 아파트 숲에, 그러니까 한마디로 꽉 채워진 도시에 현기증을 느꼈던 불편한 기억이 떠오른다.

40대 중반에 이르러 마을에 책방을 열며 평생 처음으로 자영업자의 길을 걷게 되었다. 고민도 비전도 없이 시작한 일이지만 '책방 주인'은 지금 내 유일한 명함이며 어느덧 책방은 일상의 가장 중요한 활동 영역이 되어 있다. 앞으로도 이 책방을 중심으로 읽고 고민하고 쓰는 사람으로 살고 싶다.

역시 40대 중반에 여성주의를 처음 접한 이후로 큰 변화를 겪었다. 관련한 책을 한 권씩 읽을 때마다 내가 알고 있는 세상이, 내가 알고 있는 나 자신이 뭔가 잘못되어 있었다는 걸 깨달았다. 가만히 있을 수 없었고, 내게 주어진 영역과 능력 안에서 뭔가 바꿔야 한다고 생각했다. 그 고민이 지금까지 나를 이끌고 있다. 그때부터 본격적으로 시작한 가사 노동은 내 일상생활을 송두리째 바꿔놓았다.

의도치 않게 채식을 지향하는 생활도 하게 되었다. 딸의 성화에 강아지 '하이'를 키우지 않았다면 나는 지금도 여전히 육식주의자로, 적어도 하루 한 끼는 고기를 즐기며 살았을 것이다. 그러나 하이를 사랑하게 되면서, 모든 동물이 생존의 기로에 서게 되는 경우를 제외하고는 하이만큼 선한 눈빛을 가지고 있고, 그 눈빛에 걸맞은 삶을 살아간다는 것을 알게 되면서 고기를 끊을 결심을 할 수 있었다.

이러한 변화들을 나는 조금은 특별하게 여긴다. 각각의 변화를 겪으며 어느 순간 내가 서 있는 위치를 고민할 수 있었고, 이 변화들이 이정표가 되어 삶의 지향점도 크게 달라졌기 때문이다.

이전에 만났던 사람들은 말한다. 왜 이렇게 많이 변했느냐고. 뒤늦게 스치듯 만난 이들은 말하기도 한다. 한가롭게 사는 게 참 부럽다고. 또 누군가는 말한다. 뭘 그렇게 복잡하고 어렵게 사느냐고.

내 생각은 이렇다. 우선 사람은 누구나 변하며, 변한다는 건 살아 있다는 방증이기도 하다. 그러니까 우리는 모두 변하고 있다. 다만 나는 조금 적극적으로 행동하며 변화를 자처했을 뿐이다. 그게 종종 후회를 부르기도 했지만 사는 건 어차피 해도 후회, 하지 않아도 후회라고 생각한다. 가만히 있으라고, 그러면 중간은 간다는 말이 허구라는 사실을 큰 충격과 깊은 슬픔으로 배운 바 있다. 나는 앞으로도 '하고' 후회하며 살 계획이다.

누군가 나에게서 한가롭고 부러운 삶의 모습을 보았다면 그것은 내 일면이었을 뿐이다. SNS에 올라온 사진만 보고 상대의 삶을 예측하는 것과 다르지 않다. 중학교 3학년인 딸아이가 쓴 어느 독후감에서 "타인의 편집된 삶과 내 전체의 삶을 비교하는 불행을 자초하지 말아야 한다"라는 문장을 읽었는데, 요즘 가장 머릿속을 맴도는 말이다. 어쨌거나 나는 지금도 매 순간 갈등을 겪고, 방황으로 일관하며, 똥줄 타는 생활을 벗어나지 못한다. 그만큼 나약하고 미숙하고 부족한 사람이기 때문이다.

왜 그렇게 복잡하고 어렵게 사느냐는 말에는 꼭 해주고 싶은 답변이 있다. "그러지 않을 수 없었다"고. 배운 대로, 시키는 대로 해왔는데 알고 보니 가부장제에 속아왔다는 생각이 들었다. 억울했다. 더 이상은 그 부당함에 끌려 다니며 내 삶을 허비하고 싶지 않았다. 대신 파장조차 일지 않을지언정 저항하고 싶었다. 거대한 우주의 시공간에 먼지조차 되지 않는 존재이지만 최소한 나를 소중하고 가치 있게 소비하는 게 삶의 목표이다.

삶의 수많은 선택들과 그 선택이 만들어낸 결과물의 총합이 바로 지금의 나라는 사실을 잘 알고 있다. 뭔가 다르게 살고 싶었는데 정신을 차리고 보면 너무나 전형적인 모습의 나를 발견하게 된다. 나이를 먹을수록 사는 게 호락호락하지 않다. 그 안에서 작은 선택 하나에도 고민과 갈등과 방황은 여지없이 계속된다. "에잇, 뭐가 이렇게 어려워" 하며 한숨짓기도 하지만 그래도 추락하지 않으려 애쓰며 되뇌는 생각이 있다.

어쩌면 산다는 건, 그렇게 복잡한 게 아닐지도 모른다고.

따지고 보면 아무것도 아닐 거라고.

그냥, 오늘 하루를 살아서 전보다 나은 사람이 되면, 그걸로 충분한 거라고.

이 책은 그런 생각으로 써내려간 글을 모은 것이다. 뭐 하나 만만한 게 없고 늘 헉헉대며 고전하지만 그래도 해보면서 '나름' 궁리하고 고민하고 위안을 찾은 흔적들이다.

대학을 졸업한 이후 잡지로 시작해, 사보나 기업 간행물을 두루 거쳐, 지금은 기업의 사사(社史)를 쓰며 살고 있다. 그러니까 23년을 글을 써서 먹고 살았으나 이제야 첫 책을 낼 기회를 얻었다. 몇 년에 한 번은 책을 내며 '작가' 소리를 듣는 엄마와 달리, "원고 쓴다"는 말만 입에 달고 살 뿐 실체가 없기에 초등학생 때 내내 아빠의 직업을 의심했던 딸에게 작은 결과물을 보여줄 수 있다는 것이 벅차다.

한동안 이 책에 들어갈 글을 쓰다가 타인을 서슴없이 대상화하는 나 자신을 발견하면서 무능과 무지와 부족함을 절감했다. 수차례 목차를 갈아엎고 새로 쓰고 수정을 반복하면서, 이 책이 어떤 모습을 갖추든, 다만 아무에게도 상처 주지 않는 글로 채워지길 바랐다. 그렇게 읽히길 희망한다.

아무리 살펴봐도 이 책의 내용 대부분은 아내로부터 빚진 거라는 생각을 지울 수 없다. 내 큰 복 중 하나는 잘못을 바로잡고 부족한 것을 채우고, 덕분에 생각도 가치관도 함께 갱신해나갈 수 있는 좋은 삶의 동료를 만났다는 것이다. 여러 의미에서 우리가 잘 살았으면 좋겠다.

마지막으로 엉성하고 거친 기획을 다듬고 문제를 보완하고 내용을 수정하고, 무엇보다 '기다리며' 책을 완성시켜 준 흐름출판의 김수진 편집자에게 감사를 전한다.

- 2021년 봄, 김영우

차례

2부. 어느 날부터 괜찮지 않아서 _____

× × ×

1부

도시 생활자가
시골에 터를 잡고 살아보니

샴페인을 너무 일찍
터뜨린 건 아닐까

가평의 시골마을로 이사 온 지 10여 년이 지났다. 전원생활의 꿈을 꾸기 시작한 건 아내가 임신했을 때였다. 그 당시 우리는 서울 변두리의 작은 아파트에 살고 있었다. 예전부터 막연히 2층 집에 살고 싶다는 얘기를 종종 했는데, 그날따라 아내가 "그럼 알아봐" 하고 대거리해 주었다. 경기도에는 이 집을 팔아서 갈 수 있는 전원주택이 있지 않을까? 하는 희망 섞인 힌트와 함께.

주로 기업이나 기관이 10년 단위로 발행하는 사사를 쓰거나 사보와 잡지 의뢰로 인터뷰나 잡문 기사를 쓰는 프리랜서인 나는 그날 밤, 다음 날 출근해야 하는 아내가 잠든 뒤에도 새벽까지 컴퓨터 앞을 떠나지 못했다. 살고 있는 집 시세를 확인한 후 비슷한 가격대의 전원주택을 찾아 여러 마을을 돌아다녔다. 물론 속세를 등지거나 논이나 밭, 혹은 길가에 덩그러니 세워진 집 몇 채를 제외하고는 마땅한 집을 찾을 수 없었다. 하지만 '조금만 무리한다면, 조금만 돈을 모은다면' 하고 가정하니까 구경할 수 있는 집이 제법 눈에 들어왔다.

왠지 테니스를 쳐도 될 것 같은 기분마저 드는 넓은 실내, 연을 날려도 좋을 법한 높다란 천장, 술래잡기를 하면 도무지 찾을 수 없을 것 같은 미지의 세계로 이어진 2층 계단, 창밖 풍경을 바라보는 것만으로도 떠날 수 없을 것 같은 매혹적인 방, 초록의 풀이 싱그럽게 펼쳐진 마당…. 클릭하는 것만으로도 마치 그 집에 사는 기분이 들었다. 아직 태어나지도 않은 아이가 버스를 갈아타며 학원을 전전하는 대신 마당에서 강아지와 마음껏 뛰어 놀거나 벤치에 앉아 조용히 책을 읽는 모습을 상상했다. 그럴 수만 있다면 어쩐지 내가 좋은 아빠가 될 것 같았다. 마음이 설렘으로 한껏 부풀어 올랐다. 그날 이후 전원주택을 검색해보는 일은 언제나 나의 힐링 타임이자 즐거운 취미로 자리 잡았다.

치밀하고 확고한 목표를 세운 건 아니지만 막연한 생각들은 시간이 지나면서 조금씩 구체화되었다. 허투루 돈을 쓰는 대신 대출을 차곡차곡 갚았고 틈 날 때마다 여러 지역을 두루 돌아다녔다. 당연히 현실과 이상 사이에는 넓디넓은 간극이 존재했다. '사진빨'에 속아 길을 나섰다가 실물을 보고 실망하는 일은 일쑤였다. 아무리 베스트 드라이버라도 서울을 빠져나가는 데 걸리는 시간은 인터넷에 적힌 것보다 빠를 수 없다는 사실을 기본값으로 깨달았다. 어떤 부동산에서는 일정 금액 아래의 매물은 없거나 취급하지 않는다며 문전박대했다. 다른 건 제쳐두고 오직 집만 보겠다고 결심했지만, 그게 뭐라고 길 양옆으로 끝 모르고 펼쳐진 현란한 모텔 간판 때문에 주저하게 된 곳도 있었다.

그리고 우리는 마침내 가평군 설악면에 위치한 한 전원주택으로 이사를 결정했다. 이제 막 다지고 있는 땅의 조감도만 보고 덜컥 계약을 체결했다. 건강했던 딸아이가 다섯 살 되던 해 급성 뇌수막염을 앓아 뇌수술을 마치고 퇴원한

직후였다. 원인 치료를 위해 1년 넘게 경과를 지켜봐야 했다. 그렇다면 보다 좋은 환경에서 지냈으면 좋겠다는 판단에 때마침 조금만 무리하면 갈 수 있겠다는 기대를 얹어 결심을 굳혔다. 아이 교육을 위해, 구체적으로는 '진학'을 위해서는 서울에 살아야 한다며 시골살이에 부정적이던 지인들도 적어도 내 앞에서는 더 이상 토를 달지 않았다.

갑작스러운 부동산 침체, 건설사의 자금난과 미숙한 운영 등 예상치 못한 문제가 이어졌지만, 더구나 준공도 나지 않았을 뿐 아니라 옆으로 다른 집들의 공사가 한창인 어수선한 상황이었지만, 이후로도 갖은 우여곡절이 기다리고 있었지만, 그럼에도 우리는 겁도 없이, 다른 선택 없이 '덜컥' 이사했다. 내 나이 마흔 살이었다.

그렇게 시골생활은 시작되었다. 초창기 건설사의 위기와 결국의 도산으로 등기이전과 하자 보수 등에 상당한 어려움을 겪은 것과 무관하게 우리는 시행착오를 거듭하며 시골생활에 적응해나갔다. 서울에 살 때는 전혀 하지 않았던 일들이 반복적으로 이어졌다. 때마다 해야 하는 일도 늘어났다. 월동을 준비하고 장마를 대비하고 풀을 뽑고 잔디를 깎고 마당을 쓸고 장작을 나르고 꽃을 심고 텃밭을 가꾸고 농작물을 거두었다. 불편한 점은 이만저만이 아니었다. 읍내 식당에는 메뉴가 제한적이었고 심지어 배달은 되지 않았으며 마트는 너무 작았고 그래서 필요한 물건을 쉽게 구할 수 없었다. 더구나 당장 구할 수 있는 건 마음에 들지 않았고 하물며 안경 맞출 곳조차 없었다. 차 없이 서울에 나가려면 한 시간 간격의 배차 시간을 맞춰야 했고 서울에서 10시 막차를 타지 못하면 돌아오는 발길이 끊겼다.

하지만 시간이 지날수록 우리는 조금씩 변했다. 몸이 환경을 받아들이게 되면서, 기다리거나 미리 준비하는 것에 익숙해지면서, 이전의 불편은 사는 데 전혀 지장을 주지 못했다. 처음에는 너무 멀게 느껴져 가 볼 엄두가 나지 않던 모든 곳들이 근사한 산책로가 되었다. 긴 겨울이 지나고 마당에서 맞는 봄 햇살이 더없이 소중하고 반가웠다. 여름 들풀의 초록은 생명이 얼마나 질긴지 깨우쳐주었다. 가을의 울긋불긋한 색감을 입힌 단풍길은 늘 새로웠다. 다시 겨울에는 벽난로 앞에 옹기종기 모여 앉아 시간을 보냈다. 그렇게 사계절을 선명하고 뚜렷하게 즐겼고 그 계절마다 소소한 즐거움을 만끽할 수 있었다.

　가평군 설악면에서의 생활은 느리고 조용하고 여유롭고 넉넉했다. 굳이 설명을 부연할 필요도 없었다. 환경은 그만큼 개인의 일상을 결정짓는 중요한 조건이었다. 설악면의 크기는 대략 서울의 5분의 2. 그럼에도 인구는 채 1만 명조차 되지 않았다. 1만 명은 이곳으로 이사 오기 전에 살던 서울 변두리의 아파트, 그 가운데 내가 속했던 10단지의 인구에 불과했다. 이곳에서는 주차 문제로 신경을 곤두세울 일도, 물건을 사느라 줄을 설 필요도 없다. 전깃불이 하늘을 덮지 않아서 밤이면 쏟아져내릴 듯 별이 빛났다. 우리의 생활이 서울에 비해 어떻게 조용하고 넉넉하지 않을 수 있을까. 더구나 누군가와 비교하거나 비교당하지 않았으므로 괜한 스트레스도 받을 필요가 없었다. 우물 안 개구리라고 할지라도 내가 정한 대로, 나의 질서와 호흡대로, 내 방식대로 살면 그것으로 족했다.

　엄마 아빠가 영원한 이방인인 것과 달리 딸은 가평의 아이로 성장했다. 유치원부터 초등학교, 중학교까지 이곳에서 다녔기에 당연한 일이었다. 학교 행사와 학부모 모임 등에 참여하면서 우리 역시 좋은 이웃을 많이 만났다.

마을에 책방을 낸 건 정말 좋은 결정이었다. 가평 생활이 6년째에 접어들 무렵인 2016년이었다. 어느덧 읍내도 무럭무럭 변화해 안경점도 생기고 세련된 카페도 생기고 기타 학원이며 횟집까지 생겼다. 하지만 책을 구입할 수 있는 곳은 없었다. 그럼 어디 한 번 우리가 해보자는 결심으로 읍내 끄트머리의 작은 공간을 임대해 책방 문을 열었다. 이름을 '북유럽(Book You Love)'이라고 짓고, "당신이 사랑하는 책"이라고 억지 해석의 슬로건을 달았다. 그간 읽었던 책 가운데 좋아하는 책과 좋아하는 작가들의 읽지 못한 책, 읽으면 좋을 책을 골라 큐레이션했다.

23년 만에 생긴 동네 책방이라고 했다. 문을 열고 머지않아 이 동네에 그간 왜 책방이 없었는지 이유를 알 수 있었지만 이미 때는 늦어버렸다. 대신 우리 가족은 다양한 책을 읽으며 생각을 넓혀나갈 수 있었다. 뿐만 아니라 지역 청소년들과 매달 고전 소설 함께 읽기를 시작했고, 작가 초청 강연회나 다큐멘터리 영화 감상회를 열며 의미 있는 시간을 보내기도 했다.

하지만 아주 가끔은 홀로 너무 동떨어져 사는 건 아닌가 하는 걱정이 들었다. 모두가 열심히 '달리는' 시기인 40대에 나만 대열에서 이탈해 엉뚱한 곳에 있는 건 아닌가 하는 불안감에 휩싸였다. 가뜩이나 주류와 거리가 먼 삶을 살면서 심지어 시류에도 따르지 않는 것에 대한 두려움이었다. 여유도 없는 주제에 부가가치 없는 일만 하는 건 아닌가 하는 혼란도 이어졌다. 잊을 만하면 터지는 아파트 가격 폭등에 대한 뉴스는 내 불안을 부추기기에 충분했다. 친구들은 '억, 억'거리며 아파트값이 얼마나 올랐느니 하는 은근한 자랑을 감추지 않았다. 지인들은 자기 아이들의 치열한 학업 생활을 늘어놓으며 교육, 그러니까 구체적으로는 '대학 입시'를 위해서라도 아이가 더 크기 전에 다시 서울로 돌아가야 하는 것 아니냐는 충고를 슬슬 꺼내 들었다. 그런 이야기를 들을 때마다 위축되는 마음을 내색하지 않기 위해 신경을 곤두세워야만 했다.

가끔씩 "샴페인을 너무 일찍 터뜨린 건 아닐까" 하는 답없는 질문에 사로잡혔다. 설악면에서의 생활에 충분히 만족하고 있으면서도 그때 이사 왔던 것이 과연 적기였나 하는 의심이 발끝에 걸렸다. 인생은 타이밍이라는데 너무 앞뒤 재지 않고 혼자 판단하고 밀어붙여 지나치게 서두른 건 아닌가 하는 후회가 밀려왔다. 돈도 열심히 모으고 아파트 값도 오르길 기다렸다가 지금만큼 세상 물정도 알고 시골 살이에 대한 정보도 충분히 습득한 후 내려왔다면, 그랬다면 지금보다 더 풍요롭고 훨씬 여유롭고 큰 시행착오 없이 살고 있지 않았을까 하는 아쉬움에 입맛을 다셨다.

"가끔 그런 생각이 들어. 조금 늦게 이곳에 왔으면 어땠을까 하는. 그럼 좀 더 여유 있고 윤택한 상태에서 전원생활을 즐기지 않았을까? 이곳에 온 걸 후회하는 건 아니지만 샴페인을 너무 일찍 터뜨린 건 아닌가 싶기도 해."

어느 날 가족이 서울에 나가는 길이었다. 차가 밀렸고 창밖엔 사람들로 붐볐고 우리는 숨이 막혔다. 이젠 정말 서울에서는 살 수 없을 거라고 아내는 말했다. 나는 동의했다. 동의했지만, 실제로도 그렇지만, 그 주 내내 아파트 가격 폭등에 대한 뉴스만 읽었던 탓에, 조금은 아쉽고 혼란스러웠던 탓에, 무심한 듯 속 얘기를 털어놓았다. 그러자 아내는 미처 내가 생각하지 못했던 부분을 지적했다.

"미뤘으면 못 왔지. 돈이 목적이었으면 돈 때문에 못 왔고, 애 교육이 목적이었으면 그것 때문에 못 왔겠지. 그리고 그때 오지 않았다면 지금처럼 사는 우린 없지. 10년 동안 가평에 살면서 생각이 얼마나 많이 바뀌었는데. 전혀 다른 세계에서 다른 방식으로 살았을 자신이 어떻게 지금과 같았을 거라고 생각해? 더구나 그때 애가 아팠고 여기서 건강하게 컸다는 걸 잊지 말도록!"

아내의 말은 위로가 아니라 매섭고 따가운 죽비였다. 그제야 안개가 걷히는 듯 어수선한 정신을 바로잡을 수 있었다. 가정 따위로 미련을 두는 것이 얼마나 바보 같은 일인지 깨달았다. 그때의 선택은 바로 그 순간에만 가능한 것이고, 그때의 선택이 바로 지금의 내가 된 것이다. 만약 그때 다른 선택을 했다면 지금의 모습이 아니라 전혀 다른 내가 되어 있었을지도 모른다.

사람이 다 취할 수는 없다. 샴페인을 일찍 터뜨린 건 아닌가 하는 의심은 결과의 언어다. 병마개 속의 음료가 '샴페인'이었음을 전제하는 것 자체가 그러하다. 만약 마시지 못할 썩은 물이 담겨 있었다면, 말라 비틀어져 냄새만 풍길 뿐 어떤 것도 남아 있지 않고 텅 비어 있었다면, 병이 깨져 있었다면, 지금 취하지 못한 것을 아쉬워하는 일이 가당키나 했을까.

그러므로 내가 할 일은 취하지 못한 것까지 미련을 두는 게 아니라 앞으로도 좋은 선택을 할 수 있도록 돌아온 길을 살피고 궁리하는 것일 터였다. 지난 10년의 시간이 샴페인처럼 얼마나 달콤하고 아름다웠는지, 우리에게 어떤 행복을 전해주었는지 감사하면서.

자연스럽다는
것

우-우-우-우-웅 ─.

잔디 깎는 기계의 날이 돌아가는 소리가 힘찼다. 기계가
지나가는 자리마다 잡풀로 무성했던 땅이 시원하게 바닥
을 드러냈다. 기계를 밀면서 마당 양쪽 끝을 몇 번씩 왔다
갔다 반복했다. 중간중간 전기 코드와 연결된 선이 엉키거
나 날에 닿지 않도록 살피고 옆으로 옮기는 일도 잊지 않
았다. 금세 가득 찬 풀통은 깎인 풀과 잔디를 기계 밖으로
토해냈다. 잠시 멈추고 통을 비웠다. 두 번은 더 풀통을 비
우고 나서야 마당은 제법 멀쩡해졌다.

더 이상 잔디밭이라고 칭하기에도 민망한 마당을 4월 중순부터 2주에 한 번씩 잔디 깎는 기계로 정리하는 게 몇 년 전부터의 일이다. 한여름이거나 심하게 가물거나 혹은 텃밭에 물을 댈 때가 아니면 별도로 물을 뿌리는 일도 이제는 없다. 마당은 그렇게 둔 지 오래지만 그렇다고 함부로 내버려둔 느낌이 든다거나 황폐하지는 않았다. 적어도 내가 보기에는 그랬다. 우리 집 마당은 나름의 균형과 질서를 갖추고 나와 함께 나이 들고 있다. 나는 그렇게 믿는다.

시골로 이사 오기 전 로망 가운데 하나는 텃밭과 함께 잔디 덮인 마당이었다. 이미 가을이 깊었으니 이듬해 봄에 하는 게 어떻겠느냐는 시행사의 권유를 마다하고 잔디를 깔아줄 것을 요청했고, 매일 물을 주고 일주일에 한두 번씩 열심히 깎았다. 조경하시는 분으로부터 자주 그리고 짧게 깎아줘야 옆으로 넓게 퍼져 멋진 잔디밭을 가꿀 수 있다고 전해 들었다.

이듬해 4월에는 제초제를 구입해 마당 곳곳에 뿌렸다. 그렇게 하면 잡초는 나지 않고 잔디만 곱게 자란다고 했다. 물론 열심히 물도 뿌리고 틈 날 때마다 잡초도 뽑았다. 모래를 골고루 섞어주면 잔디가 더 예쁘게 자란다지만 바쁜 정신에 그것만큼은 하지 못했다.

하지만 우리 집 잔디는 그리 잘 관리되지 않았다. 어느 해는 제초제를 너무 많이 뿌려서, 다음 해는 너무 적게 뿌려서 문제가 생겼다. 낮은 산이 바로 옆에 붙어 있어서 그런가, 별의별 잡초가 해마다 날아와 돋아났다. 수입 잔디를 깔았다는, 혹은 이곳 지형에 최적화된 고급 잔디를 깔았다는 이웃집들의 잔디와 때깔부터 큰 차이가 났다. 더 자주 깎지 않아서 그런 건지 모래를 뿌리지 않아서 그런 건지 옆으로는 퍼지지 않고 자꾸 위쪽으로만 자랐다.

잔디만 그런 게 아니었다. 집을 분양받을 때부터 마당에 심어져 있던 나무들은 너무 어려 볼품이 없었다. 꽃도 철쭉과 영산홍이 전부였다. 나머지는 알아서 더해야 했다. 어떤 집은 근사한 나무를 트럭으로 옮겨오기도 했고, 또 어떤 집은 식물원을 방불케 할 정도로 다양한 꽃을 심었다. 하지만 들이는 시간과 정성이 모자라고 노하우도 부족하고 무엇보다 돈을 들이지 않은 탓에 우리 집 정원은 확실히 뭔가 부족해 보였다. 잘 관리된 다른 집의 정원과 비교해 영 마음에 들지 않았다.

　나름 넓고 현대적이고 도시적이기까지 한 실내와 달리 마당을 포함한 건물 밖은 확실히 이질적인 공간이었다. 사람의 발길이 잘 닿지 않는 2층 난간과 옥상 주위에는 종종 벌집이 발견되었다. 그게 아니더라도 현관 앞에 심은 인동에 꽃이 피거나 텃밭의 호박이 꽃 잎사귀를 펼치면 꿀을 찾아온 벌들이 어김없이 그 주위를 맴돌았다. 한 번은 옥상 난간에 벌집이 있는 줄 모르고 바짝 다가갔다가, 또 한 번은 꿀을 빨고 있는 벌을 미처 보지 못하고 인동 옆에 자란 쑥대를 뽑다가 발등에 벌침을 쏘였다.

　한여름부터 초가을까지는 뱀을 만나는 기간이었다. 이사 온 이듬해부터 단 한 해도 뱀과 마주치지 않은 적이 없다. 산책길에서 처음 마주쳤을 때 온몸이 굳어 뱀이 지나갈 때까지 꼼짝도 못했던 기억이 있다. 어느 해는 그냥 넘어가나 싶었는데 겨울을 나기 위해 주문한 장작 속에 웅크리고 있는 뱀을 발견하고는 함께 장작을 나르던 장작집 사장님과 까무러칠 정도로 놀란 적도 있다. 집 마당에서는 뱀을 세 번이나 발견했다. 어떻게 들어왔는지 데크 밑에서 고개를 쳐드는 모습을 보았고, 옆 마당을 가로질러 뒷집으로 통하는 구멍 속으로 들어가는 장면을 목격했으며, 하수구를 타고 마당의 배수구 위로 기어 올라왔다가 막힌 벽에 옴짝달싹 못하는 모습을 본 적도 있다. 그때마다 주변의 도움으로 잡아서 산 밑에 풀어주거나, 지나간 자리에 백반을 뿌리고 약을 치거나, 물을 뿌려 다시 하수구 속으로 몰아넣어 겨우 수습했다.

살아본 경험에 의하면 가평의 명물은 잣이 아니라 거미였다. 거미가 없는 곳이 없었다. 화창한 날에는 잘 보이지 않다가도 비가 한 차례 내리고 난 다음이면 집 주변에 빗방울을 머금은 거미줄을 셀 수 없이 발견할 수 있었다. 마치 스파이더맨이 집 전체를 거미줄로 에워싼 것 같은 착각이 들 만큼 사방팔방이 질긴 거미줄 천지였다.

이질적인 것을 받아들이는 데는 제법 긴 시간이 필요했다. 벌은 자신을 위협하지 않는 존재에게 결코 침을 쏘지 않는다는 것을, 사람이 뱀을 두려워하는 것 이상으로 뱀도 사람을 무서워한다는 것을, 거미 덕분에 다른 벌레에게 시달림을 덜 당한다는 사실을 하나씩 알아갔다. 알게 된 것보다 중요한 것은 몸이 그것을 이해하고 받아들이는 것이다. 벌이나 거미 따위가 아무렇지도 않은 존재가 되는 것은 어느 순간 깨닫는다고 되는 게 아니었다. 몸이 이해하고 받아들일 때 비로소 모든 것이 자연스럽고 당연해진다. 그건 훨씬 오랜 시간이 걸리는 일이었다.

  이질적인 것을 받아들이기 시작했을 즈음 마당에 대한 안타까움이나 미련도 '자연스럽게' 사라졌다. 언제부터인지 내가 선택한 나무와 꽃만으로 꾸민 화려하고 정돈된 정원과 잔디밭에 대한 바람은 '세트 강박'에 불과하다는 생각이 들었다. 그런 건 조립도대로 끼워 맞춰야만 완성되는 프라모델이나 '깔맞춤' 정장과 다르지 않다고 느꼈다. 내가 그동안 원한 것은 초록의 정원이 아니라 그 모습을 담은 사진엽서일지도 모른다는 의혹이 들었다. 그간 내가 가졌던 바람은 전혀 자연스럽지 않았다. 내 욕망을 위해 자연을 제약한다는 것도 불필요한 일 같았다. 돈 없고 게으른 뇌가 꾸며낸 변명이나 자기 합리화인지도 모르겠다. 그렇다 해도 상관없었다. 나에게 마당은 가끔 원할 때 볕을 쬐고 가끔씩 식구들과 바깥에서 음식을 나눌 공간이면 족했다.

강아지 하이가 가족이 된 이후에는 더 이상 어떤 제초제도 쓰지 않았다. 하이가 싸놓은 똥을 치운 주변에는 개미들이 모여들었고, 성의 없이 키운 텃밭의 곡식들은 새들이 배를 채웠다. 그 외에도 마당은 여러 종이 공유하는 공간으로서 이전보다 훨씬 자연스러워졌다. 10년 전 이사 올 때 심어 울창해진 소나무와 편백나무도, 그 이후로 그때그때 심어 살아남은 인동과 나리꽃과 황매화도, 바람을 타고 내려와 뿌리내린 이름 없는 풀들도, 딸이 어렸을 때 심어둔 이후 매년 종지 하나에 담을 만큼 소박하게 열매를 맺는 딸기도, 하이가 매일매일 지나다니느라 만들어진 흙길도, 모두 나름의 균형과 조화와 질서를 자연스럽게 유지하고 있다. 그 정도면 대단히 훌륭한 모습이다.

잡풀을 깎아낸 마당에는 오래도록 풀 냄새가 가득 차올랐다. 청량하기도 하고 시큼하기도 한 냄새를 맡고 있노라면 가슴 속까지 시원해졌다. 하루에 열 번 이상 마당을 드나드는 하이도 마치 처음 접한 산책로를 대하듯 새삼스럽게 이곳저곳 코를 씰룩거리며 냄새를 수집하느라 분주했다. 하이와 잠시 공 던지기를 하며 놀다가 시원한 물 한 잔

을 가져와 데크에 주저앉아 책을 펼쳤다. 이만하면 됐다고
생각했다. 이것으로 족했다.

저는
똥줄이 탑니다!

"그런데… 운영이 되나요…?"

한참 책 얘기로 조금 편해진 손님이 조심스럽게 묻는다. 그러나 궁금해 죽겠다는 표정을 숨기지 못한다. 아마도 계속 타이밍을 보고 있었을 것이다. 한가하다 못해 적막하기까지 한 도로의 한 귀퉁이에 자리 잡은 작은 책방. 1000여권 남짓에 불과한 편향된 책들. 커피나 음료 따위도 팔지 않는 '순수' 책방을 무슨 수로 유지하는지 궁금한 것은 어쩌면 너무나 당연한 호기심일지 몰랐다.

하루에 두 권 판매가 목표이지만 종종 달성하지 못한다

고 농담 삼아 답해준다. 그러고 나면 책방 운영의 열악한 환경이 자연스럽게 대화의 주제가 된다. 자본 경쟁력과 지역적 특수성, 경영 노하우와 네트워크, 현실 감각까지 뭐하나 받쳐주지 않는 상황에 대한 푸념이 줄을 잇는다. 손님은 이야기를 나누는 와중에 눈에 뜨이는 문제점을 지적하거나 떠오르는 아이디어를 제안한다. 나는 나대로 귀가 이만큼 커져 괜찮다 싶은 조언을 머릿속으로 구현해보느라 바빠진다.

다른 일도 하고 있느냐는 질문 뒤에 본업으로 글 쓰는 일을 하고 있다는 대답을 듣고 나서야 손님의 얼굴에는 안도의 표정이 그려진다. 작업실 겸 운영한다면 나쁠 게 없어 보인다고, 남는 시간을 책을 매개로 의미 있게 보낼 수 있으니 금상첨화 아니냐고 덧붙인다. 나는 그렇다 하고 이야기를 정리한다. 실제로 그런 건 아니지만 그렇게 말해야 위로도 다짐도 되기 때문이다.

책방을 열었을 때부터 한동안 받은 오해 가운데 하나는 운영의 진정성에 대한 것이었다. 쉬엄쉬엄 재미삼아 하는 거 아니냐는 사람들이 많았다. 어차피 서점업 자체가 잘 될

리 없고, 더구나 시골이며, 규모도 너무 작고, 실제로 우리 부부에게 각자의 일이 따로 있어 생긴 오해일 것이다.

처음에는 이 말들을 별로 대수롭지 않게 여겼다. 책방을 연 여러 의도 가운데 하나는 노후에 할 수 있는 일을 미리 준비해보자는 것이었으며, 당장의 수익보다는 나중에 본격적으로 운영할 때를 대비한 경험과 기반을 쌓는 게 중요하다고 생각했다. 아직 각자의 일이 있으니 우선은 너무 부담 갖지 말고 해보자는 마음이 컸다.

하지만 어떤 일이건 잘되지 않으면 흥도 나지 않고 의욕도 생기지 않는 법이다. 가뜩이나 그 즈음부터 본업이 슬슬 꺾이기 시작하면서 책방의 지지부진한 운영이 걱정되기 시작했다. 덜컥, 이것마저 안 되면 어쩌지? 하는 심정이 되었다. 다른 책방들은 어떻게 굴러가는지 기웃거려 보았다. 대체로 어렵기는 마찬가지인 모양이었으나 그건 위로가 되지 못했다. 물론 가끔은 탁월한 성과를 이룬 책방 소식을 전해 듣기도 했다. 그럼에도 그들의 노하우를 적용하기에는 여러 이유로 한계에 부딪혔다.

책방 운영은 좀처럼 나아지지 않았고 그럴수록 말 한마

디에도 울컥해졌다. 누군가 종종 책방을 '문화 사업'이라고 규정할 때마다 굳이 '수익 사업'임을 환기시켰다. 조용히 책도 많이 읽고 좋겠어요, 라고 말하는 손님에게, 돈 벌려고 서점 하는 거 아니잖아? 라며 책 한 권도 사주지 않는 지인에게, 정색하고 한 마디를 보탰다. "저는 똥줄이 타거든요"라고.

시간은 힘이 셌다. 결국 쩽하고 볕이 들었다는 얘기가 아니다. 그러기를 바라지만 말이다. 대신 어느 순간 내성이 생기고 근육도 붙으면서 버티는 게 아무렇지 않게 되었다. 안 되는 것은 어쩔 도리가 없지만 활력을 불어넣는 것은 찾기 나름이었다. 2년이 넘도록 매주 다섯 권의 책을 소개한 덕분에 간혹 먼 곳에서도 일부러 주문해주는 소중한 고객을 만날 수 있었다. 독서 토론과 낭독 모임을 운영하면서 나름 책 읽는 분위기를 전파할 수 있었다. 이왕 시작한 김에 추가한 '청소년 고전 읽기' 프로그램은 3년 동안 이어오고 있다. 지자체나 국가기관의 '지역 서점 지원 사업' 공모에 지원해 선정되면 강연과 공연도 기획해 진행할 수 있었다. 강연자와 공연팀 섭외도 쉽지 않은 상황에 행여 빈자리가 많아 민망해질까 봐 모객까지 신경 쓰느라 늘 노심초사 했지만 마주 앉아 강연자의 생생한 이야기와 공연팀의 음악을 듣는 일은 항상 큰 즐거움을 주었다.

가만히 생각해보면 오해를 부른 장본인은 어쩌면 나 자신이었는지도 몰랐다. 혼자 똥줄은 탔을지언정 그저 그 광경을 바라보기만 했다. 생각만 많았지 구현하는 데는 늘 머뭇거렸다.

언젠가 시인 겸 출판인이자 선배 서점인으로부터 들은 이야기가 있다. 책을 만드는 건 끝내주는 아이디어도 탁월한 문장력도 아니라고. 오직 완성된 원고만이 책을 만드는 것이라고. 다른 무엇보다 중요한 것은 실천이자 노동이라는 말로 나는 이해했다. 입으로만 떠드는 건 아무 소용이 없으며, 아무것도 하지 않는 것은 어떤 결과도 가져오지 못한다.

최근에 가장 좋아하는 단어 가운데 하나가 최윤필 작가의 《가만한 당신》에서 발견한 '완전 연소'다. 효율이 높다는 의미가 아니라 할 수 있는 건 다 해본다는 의미로 이 말을 애착한다. 아직도 겨우겨우 근근이 이어나가는 상태이지만 책방을 운영하는 덕분에 할 수 있는 게 많아졌다. 내가 할 일은 되는 데까지 '완전 연소'하는 것이다. 그런 의미에서 나는 새롭게 똥줄이 탄다.

연통
청소하기

몇 해 전 겨울, 집 난방의 절반을 넘게 차지하는 벽난로가 말썽을 부렸다. 불을 피울 때마다 연기가 거실을 가득 메우기 일쑤였고 화구를 열 때마다 재들이 밖으로 튀어나와 천장 위로 흩날렸다. 바로 가까이 다가가지 않는 이상 따뜻한 기운도 느껴지지 않았다. 처음 구입했을 때의 깔끔함도 강력했던 열기도 도무지 찾을 수 없었다.

이사를 온 첫 해, 가평의 겨울은 혹독했다. 열이 많은 체질 때문에 전에 살던 아파트에서는 한겨울에도 늘 반바지에 반팔만 고집하던 나였다. 유난히 추위를 많이 타는 아내가 보일러 온도를 올리면 창문을 조금 열고 그 틈에 머리를 대고 잠들기를 반복해서 그러다 입 돌아간다는 핀잔을 듣기도 했다. 하지만 가평의 겨울은 체급이 달랐다. 단독주택이라 보온에 취약하기도 했지만 하필 그해 겨울은 유난히 추웠다. 1월 내내 한낮에 단 한순간조차 영상의 기온을 회복한 적이 없었다. 도시에서는 감히 상상도 못한 추위에 도무지 정신을 차리지 못했다. 어떻게든 추위에서 벗어나고자 쓴 과도한 난방비와 그럼에도 기대에 한참 못 미치는 난방 상태를 몇 개월 겪고 나니 정신이 번쩍 들었다.

겨우겨우 겨울을 보내고 대책 마련에 나섰다. 다양한 정보 수집과 오랜 고민 끝에 노출형 벽난로를 들이기로 결정했다. 거금을 들여 가을에 미리 설치한 벽난로는 춥지 않은, 조금은 따뜻한 겨울을 기대케 했다.

그러나 벽난로를 때는 것은 번거로운 일이었다. 우선 매년 늦지 않게 적당한 양의 장작을 준비해야 했다. 비용도 비용이지만 귀찮아서 조금만 미뤄뒀다가는 바짝 마른 질 좋은 장작을 구하지 못하는 경우도 생겼다. 주차장에 쌓아 올린 장작을 계단 위로 올려 집에 들이는 일은 매일, 겨울 내내 해야 하는 고된 작업이었다. 봄이면 샤워하기 전에 내 배와 어울리지 않는 승모근과 알통이 생긴 것을 보고 살짝 당황할 때도 있었다. 식구들이 잠자리에서 일어나기 전에 불을 피우고 실내를 데워놓아야 하는 수고도 뒤따랐다. 지금과 달리 불 피우는 게 능숙치 않아 제법 시간이 걸렸고, 집 안 가득 훈기가 돌기까지는 그보다 더 긴 시간이 필요했다.

하지만 그만큼의 보상도 컸다. 식구들은 실내 온도를 5℃ 가까이 올려주는 후끈한 난로 주변에 모여 앉아 겨울을 보내기 시작했다. 벽난로 한편에 마련된 화덕을 이용해 계란이나 고구마 따위를 구워 먹거나 간단한 요리도 해먹었다. '불멍'을 때리는 일도 꽤한 재미를 주었다. 벽난로를 놓겠다고 했을 때 엄마는 그런 집에 사는 게 자신의 평생 꿈이었노라며 나보다 더 기뻐했다. 하지만 안타깝게도 이 집 벽난로를 한 번도 보지 못하고 돌아가셨다.

그런 벽난로의 성능에 문제가 발생한 것은 여간 당황스러운 일이 아니었다. 가만히 살펴보니 화구를 닫아도 틈 사이로 연기가 스멀스멀 올라오기까지 했다. 구입할 때 부품만 갈아주면 반영구적으로 사용할 수 있다고 했는데 AS 기간이 딱 끝나는 시점인 5년 만에 효력이 신통치 않아지다니 가슴이 덜컹 내려앉았다.

해결책을 찾아 며칠을 고민하다 벽난로를 구입했던 업체에 전화를 걸었다. 상대는 벽난로 상태를 듣자마자 전문가답게 문제점을 손쉽게 찾아주었다. 그간 청소를 한 번도 하지 않아 연통이 막힌 것 같다는 거였다. 본인이 출장을 나오면 50만 원 정도 들지만, 내가 장비를 구입해 직접 청소하면 15만 원이 들며 다음에도 쓸 수 있는데 어떤 걸 선택하겠느냐는 설명도 친절하게 해주었다.

며칠 후 동영상을 수차례나 보고 나서 택배로 받은 장비를 조립해 청소를 시작했다. 벽난로와 연결된 수직 연통, 안과 밖을 연결하는 수평 연통, 그리고 연기 배출구로 이어지는 바깥의 수직 연통까지 손볼 곳은 크게 세 군데였다. 가뜩이나 동작도 굼뜨고 어설픈데 날까지 추워 청소가 쉽지 않았다. 바깥 연통의 한 부분은 습기를 머금은 잿더미가 깡깡 얼어 망치로 깨는 수고까지 더해야 했다.

총 길이 7미터 남짓의 연통을 청소하는 데 꼬박 반나절이 걸렸다. 빼낸 잿더미는 마대 하나를 가득 채우고도 넘쳤다. 신데렐라도 아닌데 얼굴 곳곳에 재를 묻힌 채 꽉 막힌 연통을 청소하면서 많은 상념을 떠올렸다. 무엇보다 나처럼 무식하고 게으른 놈은 시골에 살 자격이 없다고 생각했다. 그 겨울 내내 추워서 몸을 움츠리고 다니던 식구들에게 너무나도 미안했다.

그리고 저절로 이뤄지는 것은 없다는 소박한 진리를 재확인했다. 때마다 살피고 점검하지 않는 한, 되돌아보고 관리하고 정비하지 않는 한, 더러워지고 먼지가 쌓이고 더께가 앉고 막혀버려 결국 제 기능을 할 수 없게 마련인 것이다. 그건 벽난로건 자동차건 계획이건 생각이건 마찬가지였다. 가만히 있는 것은 슬픔에 잠기고 위험에 빠지는 일이다. 아무것도 하지 않으면 아무것도 이뤄지지 않는다. 무언가를 얻는 유일한 방법은, 삶을 지탱하는 단 하나의 해법은, 행동하는 데 있다.

그날 나는 화력을 되찾은 난롯가에 앉아 앞으로는 매년 가을마다 연통을 청소하겠다고 다짐했다.

진정한
'아저씨'를 느끼다

　　　　제법 긴장됐다. 막상 마음을 먹었지만 무엇을 어떻게 해야 할지 막연했다. 우선 도구들을 챙겨 마당으로 나갔다. 보자기를 목에 두르고 빨래집게로 단단히 고정했다. 바리캉의 전원을 켜고 옆과 뒤쪽 머리카락을 깎았다. '스퇴일뤼쉬'하게 '투 블록'을 내기 위해 길이를 6밀리미터로 설정한 채였다.

　미용실에 가는 비용과 시간을 아끼고자 직접 머리카락을 자르기로 결심한 첫날이었다. "중이 제 머리 못 깎는다"지만 나는 다행히 스님이 아니므로 가능하리라 믿었다. 바리캉은 수염을 다듬기 위해 5~6년 전부터 사용하던 게 있어 미용 가위만 따로 구입하면 되었다.

바리캉질에는 별 문제가 없었다. 안 보이는 뒤쪽 부분만 아내에게 부탁했는데 아내가 바리캉을 거꾸로 세워 오른쪽에 살짝 고속도로를 낸 것만 제외하면, 그랬다.

문제는 오히려 앞머리와 윗머리였다. 하필 가위가 오른손잡이용이라 심한 왼손잡이인 내가 사용하기에 문제가 많았다. 오른손으로 머리카락을 올리고 왼손으로 가위질을 하면 전혀 깎이지 않았다. 반면 왼손으로 머리카락을 올리고 오른손으로 가위를 들면 거울 속의 손은 내가 원하는 방향이 아닌 전혀 엉뚱한 곳으로 향했다.

고민 끝에 방법을 바꿔 숱가위질을 먼저 해서 볼륨을 줄이고 눈에 거슬리는 부분만 블런트가위로 처리해 마무리했다. 그게 숙련되지 않은 상태에서 오른손 가위질로 할 수 있는 최선이었다. 처음이라 30분 가까이 시간이 소요됐다. 왼손과 오른손 모두 쥐가 날 정도로 저렸다. 가위질을 할 때마다 나도 모르게 계속 오므라들던 입술도 얼얼하기만 했다. 하지만 그럼에도 성공! 마당에 나서기 전보다 훨씬 가벼워진 머리 모양이 마음에 들었다.

한때 헤어숍에서 커트 비용으로만 '부가세별도'로 7만 원을 쓰던 시절이 있었다. 10여 년도 훨씬 전의 일이다. 처음부터 그 돈을 지불했던 건 아니다. 외모에 나름 신경을 쓰던 즈음에 압구정동에 있는 유명한 숍에 발을 들였는데, 처음 담당했던 헤어 디자이너가 초고속 승진을 거듭하면서 커트 비용 역시 4만 원에서 7만 원까지 동반 상승한 거였다. 너무 부담스러워 발길을 끊기 전까지 나는 나름 서비스에 만족했다. 어쩐지 그곳에서 머리카락을 손보고 나면 확실히 뭔가 달라 보였고 기분도 한결 나아지는 듯했다.

직접 머리카락을 자르다가 문득 그때의 내가 떠올랐다. 부가세별도로 7만 원을 헤어 커트 비용으로 지불하던 시절의 나와, 이런저런 고민 끝에 직접 머리카락을 자르고 있는 지금의 내가 머릿속에서 좀처럼 동일 인물로 합쳐지지 않았다. 그건 너무나 당연하고 자연스러운 일일 터였다. 그때의 나와 지금의 내가 다르기 때문이다. 삶의 환경도, 여건도, 지향과 생각까지도 말이다. 그때는 맞고 지금은 궁하다거나, 그때는 틀리고 지금에야 정신을 차렸다는 식의 얘기가 아니다. 지금의 나로서는 도저히 엄두가 안 나지만 그때는 그때 나름의 이유로 그럴 수 있었고, 당시에는 꿈에도 생각하지 못했겠지만 지금은 또 지금 나름의 판단으로 이렇게 할 뿐이다. 시기마다 추구하는 가치와 매력은 달라지기 마련이며, 그때 중시했던 것이 지금은 별게 아니게 되거나 그 반대의 경우도 얼마든지 가능하다.

"내 주변에서 얼굴에 아무것도 하지 않고 사는 사람은 나밖에 없어."

40대 중반에 접어든 아내는 거울을 보다가, 외출을 준비하다가, 아니 불현듯 떠오를 때마다 이런 얘기를 꺼내곤 했다. 요지는 "그러니까 주사를 한 번 맞아볼까?"였다. 하지만 결국에는 이런저런 대화 끝에 "아니다. 자연스럽게 늙는 게 뭔지 내가 한 번 보여주겠어!"로 마무리가 되었다.

주사나 시술에 대한 아내의 호기심과 욕망은 실은 10년도 훨씬 전부터 이어져 온 것이고, 이런 얘기가 나올 때마다 나는 '내추럴 앤 밸런스(Natural & Balance)'를 주장하며 반대 의견을 밝혔다. 그런데 당시에 피력했던 의도와는 전혀 관계없이 '내추럴 앤 밸런스'의 의미를 지금 나 자신을 향해 새기게 된다.

그간 나는 무식을 내세워 성형은 아무리 잘되더라고 절대 자연스럽지 않다고 단정했다. 부분적으로는 만족스러운 결과를 얻을지 몰라도 전체적으로는 조화롭지 못하며, 그래서 미적 기준의 핵심인 자연스러움과 균형을 해쳐 득보다 실이 많을 것이라고 생각했다. 하지만 그건 내 무식에서 비롯된 오해일 뿐이었다. 몇 해 전 사회인 야구 경기 도중 얼굴에 공을 맞아 강남의 전문 병원에서 코 수술을 받은 적이 있다. 알고 보니 그곳은 중국과 동남아시아에서 성형 관광을 올 정도로 유명한 병원이었다. 대기실에는 상담과 진찰을 기다리는 환자들에게 보여주기 위해 자체 제작된 영상이 상시 상영되고 있었다. 그 영상을 보다가 나는 병원에서 추구하는 가치와 만들어내는 '결과물'이 놀랍게도 '내추럴 앤 밸런스'임을 깨닫고는 뒤통수를 얻어맞은 것 같은 충격을 받았다.

한편으로 '내추럴 앤 밸런스'라는 말은 외모와 무관하게 세월을 받아들이는 중요한 단서라는 생각도 가져본다. 자연스럽게 나이를 받아들일 줄 알고 그런 마음으로 삶의 균형을 일굴 수 있다면, 어쩌면 매 순간 삶을 새롭게 갱신할 수 있지 않을까 하는. 젊게 산다는 건 나이를 뛰어넘는 외모를 유지하는 것이 아니라 나이에 구애받지 않고 자신의 세계를 구축하고 삶의 질서를 확장시켜나가는 것이기 때문이다. 세월에 따른 변화를 자연스럽게 받아들이고, 주어진 시간 안에서 균형감각을 유지하는 삶은 얼마나 건강하고 아름다운가.

아내에게 종종 '뿌염'을 해주면서, 그 참에 나도 새치 염색을 하면서, "어쩌다 세월이 이렇게 흘렀누" 하는 푸념과 함께 헛웃음을 짓곤 한다. 아닌 게 아니라 우리는 25년 넘게 함께하며 서로가 나이 드는 걸 지켜봐왔다. 매 순간 지금보다 젊었던 상대를 기억하고 가장 나이든 상태의 상대를 마주한다. 그것은 자연스러운 일이다. 이제 할 일은 지금 나이의 매력을 발견하고 가꾸는 서로를 응원하는 것이다. 그럴수록 우리는 건강해지고 젊어질 것이다. 근사하게 바라보는 사람이 많아질수록 그 사람은 근사해질 것이다. 나는 우리가 그렇게 늙어갔으면 좋겠다.

머리카락을 직접 자르니 왠지 나도 모르게 진정한 '아저씨'가 된 것만 같았다. 그나저나 영화 〈아저씨〉 속 원빈은 멋있고 싸움도 잘할 뿐만 아니라 머리카락마저 혼자서 지나치게 잘 잘랐다는 사실이 떠올랐다. 그건 너무 비현실인 거 아닌가 하는 생각에 오후 내내 조금 섭섭한 마음이 들었다. 그러다가 사실 비현실적인 건 그의 바리캉 실력이 아니라 외모라는 사실을 깨닫고는 현실을 인정하기로 했다. '내추럴 앤 밸런스'하게 말이다.

겨울에 태어난
아름다운 당신은

"겨울에 태어난 아름다운 당신은 눈처럼 깨끗한 나만의 당신. 겨울에 태어난 사랑스런 당신은 눈처럼 맑은 나만의 당신. 하지만 봄여름과 가을겨울 언제나 맑고 깨끗해. (…) 생일 축하합니다, 당신의 생일을. Happy birthday to you….'

어쩌다 이 노래를 흥얼거리게 되었을까. 모처럼 켠 자동차 라디오에서 흘러나왔기 때문일 것이다. 내가 흥얼거리자 아내는 '올드'하다면서도 한두 마디 따라 불렀다. 뒷좌

석의 딸은 무관심한 듯 창밖만 내다봤다. 밖은 때 아닌 장마가 지겹도록 이어지고 있는 눅눅하고 후텁지근한 여름의 한복판이었다.

곡명 〈겨울 아이〉. 어렸을 때 가수 이종용이 부른 이 노래를 들으며 서운하고 속상했던 기억이 있다. 별로 주목받지 못하는 뚱뚱한 둘째였던 나는 내가 세상의 주인공이 아니라는 걸 진작부터 알고 있었다. 〈겨울 아이〉는 그런 나의 각성을 확인시켜주는 노래였다. 왜 가을에 태어난 사람을 위한 노래는 없는 거지? 혹시나 하는 심정으로 그런 노래가 나오길 기다리기도 했다.

"어린 마음에 그럴 수 있잖아. 그때 조영남의 〈내 고향 충청도〉도 가끔 라디오에서 들었는데 심지어 나는 서울 성수동 출신이잖아? 내가 살던 성수동에 관한 노래는 아무리 찾아봐도 없고. 와, 겨울에 태어난 사람 부럽다, 충청도 사람 부럽다, 속으로 생각했지. 이상한 소외감과 섭섭함이 있었어. 재영은 이 노래 들으면 좋았겠네?"

그러나 농담 섞인 이야기를 재미있게 들어주던 아내는 내가 기대한 답과 다른 생각을 가지고 있었다.

2월 초, 찐 겨울 태생인 아내 역시 〈겨울 아이〉를 들으며 어린 시절을 보냈다. 추위를 심하게 타서 어려서부터 겨울을 유난히 힘들어했던 아내는 노래 가사가 썩 와닿지 않았다. 아무리 노래를 듣고 가사를 곱씹어 봐도 겨울에 태어난 것에 어떤 특별함을 느끼지 못했다. 심지어 긴 겨울방학의 한복판에 있는 생일은 친구들의 축하를 받지 못하는 쓸쓸한 날이었다. 나이를 한 살 한 살 먹어가면서 세상이 뜻대로 되지 않는다는 것을 막연히 느끼기 시작할 무렵, 다시 라디오에서 흘러나온 〈겨울 아이〉의 가사는 마치 자신을 기만하는 것처럼 들렸다. 내가 아무것도 아닌 걸 나부터 알고 있는데 어디서 허튼 수작이지? 하는.

"마치 뭣도 없는 애들한테 이 노래나 듣고 떨어지라고 하는 것 같은, 그런 느낌적인 느낌을 받았다고나 할까."

겨울 태생이라면 누구나 이 노래를 자기 것이라고 생각할 줄 알았는데 전혀 그렇게 받아들이지 않는 아내의 사연은 많은 생각을 하게 했다. 우리는 생각이 다르고 살아온 과정이 다르고 직면한 상황이 다르다. 그래서 어떤 사안이나 현상에 대해 똑같이 생각하지 않는다. 각자가 인식이 다르고 해석이 다르고 결국 상황에 대한 의미가 다르게 마련이다. 정답 같은 건 존재하지 않는다.

최근 몇 년 동안 단연 최애 드라마였던 〈나의 아저씨〉에서 40대 남자 주인공의 친구인 정희가 20대 초반의 여자 주인공 지안에게 "우리도 아가씨 같은 20대가 있었어요. 이렇게 나이 들 생각하니 끔찍하죠?"라고 묻는 장면이 있다. 하지만 돌아온 지안의 대답은 그 자리에 함께 있던 40대 모두를 당황시켰다. 지안이 "저는 빨리 그 나이 됐으면 좋겠어요. 인생이 덜 힘들 거잖아요"라고 말했기 때문이다. 그러자 정희는 지안과 헤어지고 돌아오는 길에 "생각해보니 어려서도 인생이 안 힘들진 않았어"라고 인정한다.

나는 이 장면이 좋았다. 서로에게 각자의 입장이 있다는 걸 보여줘서가 아니라 그 다름을, 더구나 약자의 입장을 선선히 존중하는 모습이 마음에 들었다. 나였으면 "나이 처먹어 봐라. 아무리 힘들어도 그때가 더 좋았다는 걸 알 거다"라고 말했을지 모른다. 누군 겪어보지 않은 줄 아느냐고, 내가 해봐서 안다고 말이다. 드라마에는 나 같은 사람이 등장하지도, 함부로 말하지도 않아서 다행이었다.

"네가 아직 철이 없어서 하는 소리지, 알고 보면 그때가 제일 좋은 때"라는 말은 권력의 언어다. 그리고 심각한 모순의 말이기도 하다. 그 시절과 지금이 같지 않고, 각각의 시절을 겪는 주체의 상황도 같을 수 없다. 시절이 다르고 주체가 다른데 도대체 자기가 겪었던 과거가 무슨 근거로 객관적인 상황일 수 있는가. 어떻게 그 기준으로 상대의 지금이 좋은지 나쁜지 감히 판단할 수 있는가. 그건 경험이 아니다. 상대를 존중하지 않는 무식과 무례일 뿐이다. 상대를 오해하고 상대에게 귀 기울이지 않는 오만과 독선일 뿐이다.

감히 알 수 없다. 함부로 안다고 해서도 안 된다. 우리는 서로 다르고 사람의 숫자만큼 다른 생각이 있는데 답을 정해놓는다는 것 자체가 어쩌면 폭력이 아닐까? 답이 있다는 확신을 갖는 대신 나와는 다를 상대를 이해하고 싶다. 많이 아는 사람이 될 수는 없더라도 적어도 생각하는 사람이 되고 싶은 이유다.

김장을
나누는 시간

김장을 담근 건 지난겨울이 처음이었다. 책
방 문을 닫고 집에 돌아와 보니 마당에 배추 몇 포기와 무
잔뜩, 그리고 쪽파와 생강 따위가 큰 소쿠리에 담겨 있었
다. 아랫집 Y 할머니 댁에서 온 것이라고 했다. Y 할머니는
매년 가을걷이가 끝날 때마다 거둔 귀한 농산물로 들기름
이며 들깻가루, 고춧가루 등을 직접 짜고 빻아 한 통씩 잊
지 않고 나눠주던 이웃이었다. 겨울에는 김장김치도 한 통
씩 보내주셔서 잘 얻어먹었는데 이젠 힘들어서 못하겠다
며 아예 재료를 챙겨주셨다는 거였다. 아내는 이 재료들을

'김장 키트'라고 명명했다.

평소 겉절이나 파김치, 깍두기나 오이소박이 등은 종종 직접 담가 먹지만 굳이 김장까지는 할 필요를 느끼지 못했다. 이웃들이 한두 통씩 나눠주는 김치만으로도 너끈히 겨울을 날 수 있었다. 식구들이 김치를 적게 소비해서가 아니라 그만큼 충분한 양을 제공받았기 때문이다.

서울에 사는 동안은 내내 정신이 없었고 집에 어떻게 김치가 끊이지 않는지 알지 못했다. 가끔 엄마로부터 가져가라는 연락을 받거나, 아내와 마트에 가서 포기김치를 샀다. 그러나 가평에 이사 온 후부터는 확연히 기억할 수 있다. 그 즈음부터 엄마는 건강이 좋지 못해 예전처럼 둘째네를 챙길 수 없었다. 우리는 한동안 맛있고 저렴한 김치를 찾느라 인터넷을 뒤지곤 했다. 하지만 딸아이가 유치원을 다니고 초등학교에 입학하면서부터 전혀 걱정하지 않게 되었다. 인심 좋은 감사한 이웃이 점점 늘어난 덕분이다.

처음에는 이웃의 어머니들께 신세를 졌다. 가끔 드나드는 '아기 엄마'가 아무리 봐도 살림하는 스타일이 아니라고 여겼는지 김장할 때마다 우리 몫을 챙겨 주셨다. 친하게 지내는 이웃이 늘어나면서 김장이 11월 지역의 큰 이벤트라는 사실을 알게 되었다. 친척끼리 이웃끼리 날을 잡아 김장을 담그는데 그 스케일부터 달랐다. 그때마다 우리 집 앞에 김치통을 놓고 가거나 따로 몫을 남겨 두었다는 연락을 받았다. 우리 집 냉장고로는 감당이 안 되어 '키핑'을 하고 다음에 가져오기도 했다. 수시로 찌개를 해 먹고 이따금 만두를 빚어 먹을 만큼 늘 차고 넘쳤다.

봄과 여름이 지나도 김치 행렬은 끊이지 않았다. 덕분에 총각김치도, 물김치도, 백김치도, 갓김치도 먹을 수 있었다. 어디 그뿐인가. 봄나물을, 여름상추를, 가을고추를, 몇 년간 기른 버섯을, 토종닭이 낳은 계란을, 마른반찬을 넙죽넙죽 받았다. 그때마다 밥상은 제철에 걸맞은 건강한 재료로 만든 음식들로 풍성하고 넉넉해졌다.

간혹 시골이 오히려 더 배타적이고 인심도 야박하다는 이야기를 듣곤 한다. 나 역시 막연히 그런 생각을 갖고 살았다. 이사 온 후 한동안은 경계심 어린 눈빛과 좀처럼 마음을 열지 않으려는 태도와 늘 일정하게 유지되는 거리를 느끼며 그런 믿음을 공고화했다. 하지만 나중에 이웃들과 이야기를 나누면서 그들의 심정을 어렴풋이 이해할 수 있었다. 거리낌 없이 불쑥불쑥 삶의 영역을 침범하는 외부인들에 대한 경험이 모두에게 있었다. 길을 묻는다고 함부로 들어와 현관문을 두드리는 사람들, 허락 없이 장작을 집어 가거나 밭에 자라는 고추나 옥수수, 깻잎 따위를 마음대로 따 가는 이들, 눈이 마주치면 묻지도 않았는데 값을 치르겠다고 지갑을 꺼내는 이들도 있었다. 하지만 그건 주민들이 원하는 바가 아니었다. 아무렇지도 않다는 듯 태연한 모습이 더 어이가 없다고도 했다.

외부인의 입장을 전혀 이해 못 할 바는 아니다. 어쩌면 나들이에서 비롯된 들뜬 마음과 호기심에, 혹은 당장 급하고 필요한데 찾을 길이 없어서 그랬을지도 모를 일이다. 타인의 반응을 고려하지 않고 결례를 범했다는 것이 문제였지만 말이다.

더 이상 동의하지 않지만 시골이 더 배타적이라는 지적이 사실이라 해도, 그럴 만한 충분한 이유가 있을 거라는 생각이 든다. 경계심이란 자극에 대한 학습된 감정의 표출일 뿐이며, 낯선 이들에 대한 경계는 너무나 자연스러운 반응이기 때문이다. 더구나 그 반응은 시골에서는 그래도 된다는 착각에서, 시골 사람들이 무조건 외지인에게 호의적일 것이라는 일방적인 편견에서 출발한 결과일지도 모른다.

시골이라고 딴 세상일 리 없다. 사람 사는 곳이면 어디나 서로 얼굴을 붉히고 헐뜯고 싸울 일은 항상 있다. 없는 이야기들이 피곤하게 돌아다니기도 한다. 어떤 이유에서인지 몰라도 우리 부부도 누군가에게는 재혼 커플로 알려져 한동안 안줏거리가 됐다고 들었다. 그게 왜 안줏거리인지도 모르겠지만 사실과 다른 얘기가 어떤 의도로 유통되었던 것만은 분명하다.

하지만 반목과 갈등과 소문은 어디에나 있는 데 반해 이웃끼리 서로를 챙기고 살피고 나누는 일은 그간 겪지 못한 경험이었다. 다른 곳에서는 경험해보지 못했던, 그럼에도 이곳에서는 자연스럽게 일어나는 일. 그런 것을 '문화'라고 부른다고 나는 알고 있다.

김장을 하는 것은 평소 김치를 담그는 것과는 차원이 다르다. 내가 해보니 전날 배추를 일일이 손질하는 것부터가

'일'이다. 퍼런 겉줄기도 버리기 아까워 반은 겉절이를 담그고 반은 국거리로 나눠 보관해두었다. 배추들을 반씩 갈라 소금물에 절여 놓고야 잠자리에 들었다. 다음 날 무채를 썰고, 믹서에 생강과 양파, 배, 사과를 갈고, 풀죽을 쑤고, 갖은 양념을 섞고, 버무리는 데 반나절이 훌쩍 지나갔다. 주방 여기저기에 파편처럼 튄 양념자국이 눈에 밟혔다. 고작 세 통의 김치를 담그는 데 걸린 시간과 노동이 그러했다.

세 개의 김치통을 식탁 위에 나란히 올려놓으며 내년에는 좀 더 잘 담가야겠다는 각오의 한편에, 예전처럼 이웃들이 주는 김치를 넙죽넙죽 받아먹을 계산도 해본다. 결국 어쩔 수 없이 그렇게 되겠지만, 적어도 앞으로는 보다 감사한 마음으로 받아야겠다고 생각했다. 김장의 노동 강도를 절감하고서는, 하는 김에 조금 더해 나눠주는 게 아님을, 배려와 애정 없이는 쉽게 할 수 없는 일임을 깨달았기 때문이다.

네가 진짜로
원하는 게 뭐야

하얗게 언 비닐 창문이 희미하게 밝아 오면,

방 안의 전등불과 바깥의 새벽빛이

서로 밝음을 다투는 짤막한 시간이 있습니다.

이때는 그럴 리 없음에도 불구하고

도리어 더 어두워지는 듯한 착각을 하게 합니다.

칠야의 어둠이 평단(平旦)의 새 빛에 물러서는

이 짧은 시간마다 나는 별이 태양 앞에 빛을

잃고,

간밤의 어지럽던 꿈이 찬물 가득한 아침 세숫대

야에 씻겨나듯이,

작은 고통들에 마음 아파하는 부끄러운 자신을

청산하고

더 큰 아픔에 눈뜨고자 생각에 잠겨봅니다.

　　　　　　　　　　　　- 신영복, 〈더 큰 아픔〉,《처음처럼》

　책방에서 운영하는 독서 모임에서 故 신영복 선생의《처음처럼》을 읽은 적이 있다. 토론 중에 개인 별로 가장 좋았던 문구를 소개하는 순서를 가졌다. 나는 새벽빛이 비추기 전 도리어 더 어두워지는 착각을 하는 순간을 표현한 〈더 큰 아픔〉 편을 추천했다. 삶의 진전된 단계로 나아가고 싶으나 머뭇거리기만 하는 내 모습을 표현한 것 같아 와닿았다는 설명을 덧붙였다.

　순서를 마치고 다음으로 넘어가려는데 독서 모임의 성실한 참여자인 중학교 국어 선생님이 개인적인 질문을 했다. 당신이 생각하는 삶의 진전된 단계가 무엇인지 궁금하다고.

　질문을 받고 심하게 당황했다. 삶의 진전된 단계가 무엇인지 전혀 깊게 고민해보지 않은 사람처럼 마땅한 답이 떠오르지 않았다. 머릿속이 백짓장처럼 하얘졌다. 뭐 많죠, 하고 겨우 우물쭈물 얼버무릴 수밖에 없었다. 다행히 국어 선생님도 더 이상은 묻지 않았다. 하지만 당황한 속내를 들킨 것 같아 이후 토론에 집중하지 못했다. 부끄러웠다. 그리고 부끄럽다는 사실이 불편했다.

그날 일은 쉽게 잊히지 않고 머릿속을 맴돌았다. 그 질문에 왜 그렇게 궁색해졌는지 씁쓸하기만 했다. 이건 내 전공이나 마찬가진데. 평생 동안 늘 현실을 못마땅해하면서 삶이 달라지기를 바라며 살아왔는데. 그럼에도 그때는 왜 그 질문에, 그러니까 내가 생각하는 삶의 진전된 단계가 무엇이라고 제대로 답하지 못했을까.

답을 찾아야 했다. 몇 날 며칠 동안 걷다가도, 밥을 뜨다가도, 문득 떠오르면 그 질문에 침잠하기를 반복했다.

돈을 많이 벌고 싶다는 꿈은 평생 입에 달고 산 말이었다. 잠시 그런 적도 있었다. 30대 후반부터 40대 초반까지 매년 '각광' 년도를 갱신했다. 여기저기 잘 팔려 불려 다녔고 일은 차고 넘쳤다. 아내는 내가 쓰러질까 봐 걱정이었다고 훗날 고백했지만 나는 정신없이 사는 것이 좋았다. 내 기준에서 상당한 돈을 벌 수 있었기 때문이었다.

그때에는 돈으로 해결할 수 없는 게 없는 것 같았다. 늘 이런저런 일이 생겼는데 돈으로 때울 수 있었다. 과연 돈이 들어갈 곳이 늘어났다. 사실은 돈 들어갈 일이 생긴 게 아니라 일이 생길 때마다 돈으로 해결하려 했다는 걸 그때는 몰랐다. 아쉬운 게 없었으므로 건방만 늘고 좋은 것과 그렇지 않은 것을 심하게 가렸다. 뒤를 돌아볼 여유도 이유도 없었다. 봄날은 언젠가 가고 오르막 어느 즈음에 내리막이 있다는 걸 모르던 시절이었다. 버는 것이 줄어들고 나서야 돈 대신 몸으로 때울 때 오히려 더 호감을 얻을 일이 있다는 것을, 돈이 좀 부족해도 사는 데는 별 지장이 없다는 것을 깨달았다. 어차피 손에 남아 있는 것도 없는데 괜한 고생을 했던 건 아닌가 하는 생각마저 들었다.

내가 사는 지역에는 전국적으로 소문 난 닭 요리 전문점이 있다. 하루에 탕을 200개씩 판다고 했다. 그 집 며느리로부터 너무 바빠 일주일에 두 번밖에 씻지 못한다는 얘기를 들었다. 씻을 시간조차 없지만 그래도 나중을 위해 참고 버틴다고 했다. 나는 나중은 모르겠고 지금 그의 삶이 어떤지 궁금했다. '나중'이란 없는 세계이기 때문이다. 미래는 허상일 뿐 닿지 않는다는 뜻이다. 나중을 위해 버려도 되는 현재는 없다. 현재를 존중하지 않는 것은 삶을 존중하지 않는 것이다. 지금 이 순간도 인생이다. 아니 지금 이 순간이야말로 인생인 것이다.

내 삶의 진전된 단계로 다시 돌아오면, '돈 걱정 없이 마음 편히 책방이나 하면 좋겠다'는 말을 종종 했다. 그러나 책방을 운영하고부터 참 효율성 떨어지는 생활이 펼쳐졌다. 언제나 목표는 하루 두 권 이상 책을 파는 것이고, 다양한 수고를 해야 운 좋게 목표에 도달하곤 했다. 네이버 밴드를 개설해 아내와 딸과 분담해서 3년간 일주일에 다섯 권씩 매일 A4 한 장이 넘는 리뷰를 올렸다. 물론 효과는 미미했다. 청소년들과 고전을 읽고 독서 모임을 운영하고 강연회도 기획했다. 보람도 즐거움도 있지만 매출에 도움이 되지는 않았다. 그럼에도 책방의 존재를 알리기 위해, 버티기 위해서는 해야 했다. 돈 못 버는 사람들의 특징, '멀티 소스 원 유즈(multi-source one-use)'의 삶.

그런데 이 꿈은 어디에 방점을 찍느냐에 따라 이미 실현된 것이기도 했다. 돈 걱정 없이 책방을 운영하면 좋겠지만 중요한 것은 돈 걱정이 아니라 '책방 운영'이기 때문이다. 돈 걱정을 않으려면 책방도 하지 말았어야 했다. 대신 책방을 운영하며 많은 책을 읽고 생각하고 경험했다. 돈으로는 사기 힘든 것들이었다.

그 외에도 내 이름으로 된 책을 쓰고 싶다고, 휴대전화 없이 살아도 남들이 찾고 싶은 사람이 되고 싶다고, 평생 뚱뚱하게 살았으니 한 번쯤은 좀 날씬하다는 소리를 듣고 싶다고, 메모를 잘하는 사람이 되고 싶다고… 늘 생각했었다. 하지만 그것만이 내가 생각한 진전된 단계인지 단정 지을 수 없었다. 어떤 것은 내 의지와 무관하게 이룰 수 있거나 그렇지 않은 일이라서, 또 어떤 것은 그리 절실하지 않아서, 또 어떤 것은 너무 요원해서 마음에 와닿지 않았다.

그럼 뭐지? 며칠을 자문하고 되돌아보고 궁리하다가 겨우 답을 찾았다. 답은 의외로 단순했다. 내가 꿈꾸는 삶은 그저 전보다 나은 사람이 되는 거였다. 그것이 내 유일한, 총체적인 꿈이었다. 그러기 위해 원하는 일을 하고 좋은 습관들을 계속 만들어나가면 되는 것이었다. 나를 위하고 타인을 위해서 익히고 간직할 좋은 습관들은 얼마든지 차고 넘쳤다. 늦었다고 생각하지 않고 하나를 더하면 전날보다 오늘 더 나은 사람이 되어 있을 터였다. 삶은 그저 과정일 뿐이니까.

머리가 조금 딸리더라도, 지식이 많이 부족하더라도, 필력이 어쩔 수 없이 모자라더라도, 능동적으로 실천하고 집요하게 생각하고, 열심히 읽고 익히고, 배우고 모색한다면 내 삶은 더없이 풍성할 것이다. 그렇게 진전된 단계에 접어들 것이다. 뒤늦게 후회하거나 안타까워 할 이유가 없다.

그런 생각에 닿은 후 다시 《처음처럼》을 펼쳤다. 그리고 내가 〈더 큰 아픔〉 편을 오독했음을 확인했다. 선생의 말씀은 "어두워지는 듯한 착각"이나 "작은 고통들에 마음 아파하는 부끄러운 자신"이 아니라 이를 청산하고 더 큰 아픔에 "눈뜨고자" 하는 것에 방점이 있음을 말이다.

언젠가 국어 선생님이 다시 한 번 내게 같은 질문을 해주었으면 좋겠다. 이번에는 그 질문에 답을 할 수 있을 것 같았다.

슬기로운
분교 생활

　　　　딸아이가 여덟 살이 되던 해, 아이는 읍내에
있는 초등학교 대신 분교에 입학했다. 조금은 갑작스럽게
이뤄진 결정이었다. 그 당시 분교 입학을 염두에 두었던 건
나뿐이었다. 이왕 시골에 살면서 굳이 초등학교부터 복닥
복닥한 교실 생활을 할 필요가 있겠냐는 생각에서였다. 가
능할 때 다른 교육을 받게 하자고 주장했다. 내 의견에 아
내는 별 반응이 없었다. 딸 역시 유치원 친구들이 고스란히
옮겨가는 초등학교에 가겠노라 했다. 그런데 본교 예비 소
집 이후 구경이나 해보자는 심정으로 분교에 다녀오고 나

서 마음이 바뀌었다. 분교의 아담한 교실과 운동장은 고즈넉했고, 무엇보다 안전을 보장해줄 것처럼 보였다. 우리는 느리고 여리기만 한 딸이 또래들에게 치이지나 않을까 늘 노심초사했다. 뇌수술 당시 머릿속에 심은 작은 장치가 아이들 장난에 행여 잘못되면 어쩌나 하는 것도 언제나 걱정거리였다.

전교생 20명 남짓의 분교는 기존의 학교 개념을 넘어선 친밀하고 푸근한 공동체 성격이 강했다. 두 학년이 한 반을 이루고 전교생이 둘러앉아 점심식사를 먹으며 나이에 구애받지 않는 사회관계를 형성했다. 학부모가 참여하는 첫 행사에 갔다가 딸이 6학년 언니 무릎에 앉아 있는 모습을 보고 깜짝 놀란 적이 있다. 나중에 물어보니 전교생 회의 때에도, 가끔은 식사 때에도 언니 무릎에 앉는다고 딸은 아무렇지 않게, 심지어 자랑처럼 말했다. 나는 몇 년 후 고학년이 된 딸이 갓 입학한 동생을 무릎에 앉히고 앉아 있는 광경을 지켜보았다.

학교에서는 딸이 입학하기 1년 전부터 전교생이 참여하는 오케스트라 활동을 시작했다. 연주는 모르겠고 과연 소리를 낼 수 있느냐가 대부분 학생의 관심사였지만, 학교 밖으로 울려 퍼지는 불협화음은 늘 내게 아름답게만 들렸다. 딸을 데리러 간 어느 날, 고학년 남학생이 교정에 누워 트럼펫을 불던 평화로운 모습을 아직도 생생히 기억한다. 딸이 1학년 때 가평군 오케스트라 경연에 처음 참가해 최하위를 기록했던 학교는 매년 순위가 상승하더니 4학년 때부터는 대상을 놓치는 일이 없었다. 분교 오케스트라는 한동안 자라섬 재즈 페스티벌의 작은 무대에 초청받기도 했다. 그 속에서 딸 역시 6년 동안 클라리넷 연주자로 한 자리를 차지했다.

학교는 아이들에게 훌륭한 놀이터였다. 봄에는 텃밭을 일구고 여름에는 운동장에서 캠핑을 하고, 가을에는 낙엽 싸움으로 웃음꽃을 피우고 겨울의 눈 오는 날에는 전교생이 힘을 합쳐 이글루를 쌓았다. 늦가을 어느 날에는 배추와 무를 뽑아 김장을 담갔다. 그날만큼은 학부모들이 선생님에게 허락을 맡고 수육을 삶아 아이들 점심 밥상에 올려주기도 했다.

졸업식 하루 전날 밤에 진행하는 '○○인의 밤'은 학생과

학부형, 교사와 졸업생 모두가 함께하는 한 해 최고의 축제였다. 3시간 남짓 그 해의 활동을 보고하고 졸업생을 축하하는 시간은 언제나 감동이었다. 행사가 끝나면 친한 집들끼리 읍내의 식당에 모여 식사를 하고 술잔을 기울이기도 했다. 아이를 둘 이상 보낸 집들도 있어 학부모 가정은 채 20가구가 되지 않았다. 서로 마음이 맞지 않는 이들도 없지 않았지만, 학교 일에 관심을 가지면서 학부모들 사이는 갈수록 돈독해지며 좋은 이웃 관계를 유지할 수 있었다.

물론 다 좋은 것만은 아니었다. 장점이 확실한 만큼 단점도 뒤따랐다. 자라는 내내 무심하고 무던했던 딸은 아내와 나의 예상과 달리 욕심이 많았다. 학교는 물론 지역과 그 외의 기관에서 제공하는 사소한 기회도 놓치지 않고 참여하려고 했다. 청소년 잡지는 물론 경기도청에서 운영하는 기자단이며 지역에서 진행하는 교과 외의 프로그램에 신청하기를 마다하지 않았다.

하지만 학교마다 제공되는 혜택에서 분교는 대부분 소외의 대상이었다. 분교가 있다고 한 명 뽑을 걸 한 명 반 뽑지 않았으므로, 열심히 관심을 갖지 않는 이상 어떤 기회는 있는지도 모르고 넘어가는 경우도 있었다. 끈질기기가 이만저만이 아닌 귀신같은 딸이 알아내지 못했다면 그냥 넘어갔을 상황이 한두 번이 아니었다. 알았지만 기회를 얻지 못한 일도 수차례였다.

본교가 가까운 탓일까. 이런저런 본교 행사에 불려간 아이들은 꿔다놓은 보릿자루처럼 주눅 드는 일이 많았다. 본교에서 분교생들은 언제나 열외자였다. 심지어 운동회 때는 분교 학생들을 한 팀으로 엮어주지 않아 우리 아이들은 같은 학년조차 상대 팀으로 나뉘어 이쪽에도 저쪽에도 섞이지 못하고 쭈뼛거려야 했다.

학생들을 일일이 섬세하게 신경 써주고 아무도 소외되지 않도록 배려하는 것이 분교 자체의 특성 때문이 아니라 선생님의 열정과 노력 때문이란 걸 안 것도 나중의 일이었다. 내 눈에 분교로 부임하는 선생님은 대체로 세 그룹 정도로 나눌 수 있었다. 작지만 그 안에서 이상적인 교육을 펼치고자 하는 선생님이 한 그룹이라면, 신경 쓰는 일 없이 편하게 시간을 보내고 싶은 선생님이 또 한 그룹이었다. 존경심이 들 만큼 아이들을 사랑하는 데 노력을 아끼지 않던 선생님들이 떠난 학교는 이런저런 이유로 그간 애써 만들어놓은 전통을 유지하지 못했다. 전교생이 참여해 1년에 4회 발행하던 신문도, 매년 성심껏 준비하던 문집도, 하물며 김장하는 날도 어느 순간 사라지고 말았다. 학교의 연례행사가 돌아올 즈음이면 몇 주 전부터 괜히 들떠 밤잠을 설치던 딸이 마지막 한두 해에 흥분기를 가라앉힌 건 철이 들어서가 아니었다. 흥분할 일이 더 이상 남아 있지 않았기 때문이었다. 앞서 밝히지 않은 마지막 한 그룹은 갓 부임한 신참 선생님들이다. 이들은 어떤 선참 교사를 두느냐에 따라 노력이 달라지는 듯 보였다.

딸은 분교생들이 중학교 진학 이후 교우 관계에 큰 격랑을 겪는다고 표현한 적이 있다. 분교에서는 미우나 고우나 늘 식구 같은 이들과 지지고 볶으며 관계를 이어나갔지만, 중학교에서는 몇 배나 늘어난 동급생들과 새롭게 관계를 맺고 기존 관계를 갱신하느라 굉장한 에너지가 든다는 것이다. 본교생들은 매년 반이 바뀔 때마다 경험한 일인 반면 분교생들에게는 첫 도전이라 그렇다고.

소환할 수 있는 과거가 오직 그것뿐이어서인지 딸은 자

주 분교에서의 추억을 떠올린다. 그럴 때면 아내도 나도 나쁜 기억은 희미하고 좋은 기억만 유난히 선명한 당시의 시간으로 되돌아간다. 더디고 여리고 불안정했던 딸은 그 작은 학교에서 야무지고 단단한 청소년으로, 욕망의 화신으로 성장했다. 우리는 그 안에서 매 순간 자라고 있는 딸을 바라보며 감사해했다. 분교에서의 6년은 딸이 학교를 사랑하고 학교가 딸을 사랑했던 소중한 시간이었다. 딸은 그 소중한 추억을 영원히 간직할 것이다.

북유럽
버티기

책방을 연 지 어느덧 5년이 되어가고 있다. 5년이면 강이나 산 둘 중 하나는 변했거나 혹은 강과 산이 각각 절반 정도 변한 시간이며, 책방으로 치면 아주 특별한 변수가 발생하지 않는 한 웬만해서는 문을 닫는 일이 없어지게 되는 시간이다. 번창한다거나 안정적인 수익을 낸다는 게 아니라 어쨌거나 꾸역꾸역 돌아갈 수 있을 만큼은 자리가 잡혔다는 뜻이다.

처음 문을 연 이후 2년 가까이 월세 내는 일이 쉽지 않았다. 시골이고 읍내 한복판도 아니고 공간도 넓지 않아 도시에 비해 크게 부담되는 액수는 아니었다. 그럼에도 오픈빨, 지인 찬스 이후 한 달에 100권도 판매되지 않는 상황에서 월세가 버거웠던 게 사실이다.

책방은 여러 모로 여건이 좋지 않았다. 1년 8~9권에 머무르는 대한민국 평균 독서량을 감안할 때, 인구 1만 명도 되지 않는 지역에 책방을 연 자체가 계산이 서지 않는 일이었다. 지금도 지역에 책방이 있다는 사실을 모르는 주민들이 상당수인 것으로 안다.

책을 들여 놓는 일도 상당히 불편했다. 총판에 주문만 하면 권수에 관계없이 무료로 혹은 박스당 1000원만 받고 배송된다는 서울이나 주요 도시와 달리, 우리 책방은 화물 출장소가 있는 가평읍까지 40여 분을 운전해 가서 찾아와야만 했다. 오가는 기름값이며 시간이 여간 부담스럽지 않았다. 2년이 흐른 뒤에야 일주일에 한두 번씩 찾아오는 내가 답답해 보였던지 출장소 사장님은 화물차가 설악면에도 들어가니 이용해보는 게 어떻겠냐고 물어왔다. 대신 비용은 한 박스에 3000원. 이후 전적으로 이용하고 있지만, 두 권 이하로 주문하거나 행여 총판에서 어떤 이유로 낱권

포장을 할 경우 책을 팔아도 판 게 아닌 게 되었다.

책방 문을 열고 1년 후 시작한 독서 모임도 수익 모델로 운영하지 못했다. 장소 제공과 일정 조율, 진행 등의 수고가 뒤따르니 회비를 받는 게 당연하다는 걸 동료 서점인 여러 명으로부터 뒤늦게 배웠지만 실현할 수 없었다. 기존 회원과의 형평성 문제도 있었고, 나까지 참여하는 모임의 순수성을 훼손할지 모른다는 쓸데없는 걱정이 매번 말문을 가로막았다.

몇 달에 한 번씩 부족한 책방 통장을 개인 돈으로 채우는 일은 지역 도서관에 책을 납품하면서부터 비로소 멈출 수 있었다.

알고 보니 공공 도서관은 시기별로 정기적으로 입찰을 통해 책을 공급받으며, 반드시 지역 서점으로만 입찰 자격을 제한하고 있었다. 지역 서점을 살리는 취지의 제도였다. 물론 이 제도가 잘 운영되는 것은 아니다. 어디나 허점은 존재하기 마련이며 보완 없이 방치하면 그저 허울에 불과할 뿐이므로.

대체로 도서관 입찰의 전제 조건은 "○○ 지역에서 사업

자등록을 내고 서점 등록이 있으며 ○○지역 내에 영업소가 있는 업체로만 제한한다"는 것이다. 하지만 공고문에 명시된 영업소가 '서점'이 아니라 그런지, 정작 책방을 운영하지도 않으면서 사업자 등록증에 '소매업-서점' 한 줄을 추가한 엉뚱한 회사들이 마구 입찰에 참여하는 게 현실이다. 실제로 우리 책방이 참여했던 여러 건의 경기도 산하 기관의 도서 납품 입찰에는 ○○유통, ××상사, △△주식회사, □□실업, ◇◇산업 등의 이름이 난무했다. 그 외에도 영어 이니셜로만 된 회사명이라든가 '컴퍼니' '영상' '통상' 심지어 '테크'나 '농업' '떡집' 따위가 붙은 업체명도 부지기수였다. 북(Book)이나 책, 책방이나 문고, 서점, 하물며 미디어라도 붙은 업체명은 손에 꼽을 정도였다. 금액이 클 경우 경기도 소재 서점 수의 곱절이나 되는 업체가 참여하기도 했다. 그만큼 실제로 운영 중인 책방에는 기회가 줄어드는 것이다. 몇 차례 항의해보았지만 달라지는 건 없었다. 저 아래 어느 지자체에서는 떡집이 최종 업체로 선정되어 시청인지 교육청인지에 책을 납품했다는 전설이 전해지기도 한다.

다행히 내가 살고 있고 북유럽 책방이 위치하고 있는 가평군은 달랐다. 지역 서점에게만 기회를 주려는 노력이 철저했다. 지역에 책방 매장이 없는 업체가 입찰에 참가할 경우 자격 미달로 탈락시켜 '입찰 전문 업자'들의 발길을 근절시켰다. 참가 자격도 "영업소 소재지에 도서를 진열한 방문 매장을 두고 판매를 하고 있는 서점"으로 아주 구체적으로 명시하고, 낙찰 후 계약을 위해서는 "〈현재 운영 중인 매장의 내부(도서 진열 등) 사진과 외부(간판 등) 사진 각 1장〉"을 보내야 한다는 엄격한 조건까지 추가하고 있다.

가평군 도서관의 도서 납품 입찰에 참가한 것은 낙찰 여부를 떠나 책방 운영에 큰 활력이 되었다. 처음에는 방법도 모르고 노하우도 부족해 턱도 없는 금액을 적어낸 탓에 여러 번 고배를 마셨다. 하지만 그래도 언젠가는 되겠지 싶은 기대감으로 다음 입찰 공고를 기다릴 수 있었다. 가평군 도서관의 도서 납품 입찰은 1년에 8~9 차례 진행된다. 가끔씩 적게는 수백 권, 많게는 1000권 이상의 책을 납품할 수 있는 행운이 찾아왔다. 그 행운 한 번으로 몇 달을 임대료 걱정 없이 버틸 수 있었다.

2020년부터는 가평군 도서관과 지역 서점이 협약을 맺고 회원이 읽고 싶어 하는 신간을 책방에서 먼저 구입해 대여해주는 '희망도서 바로 대출'도 시작했다. 덕분에 한 달에 30여 권 이상의 책을 고정적으로 도서관에 납품하기도 한다.

지역에 있는 한 초등학교 도서관이 고객이 된 것도 수익을 떠나 큰 힘이 되었다. 책방 문을 열었을 때부터 열심히 응원해주었던 학교 선생님들이 뜻을 모아 기존 조건으로 한해 1년에 한두 번 200여 권 이상의 책을 구입해주었다. 일주일 내내 책 한 권 팔지 못하는 답답한 기간이 이어지다가도 학교로부터 연락을 받으면 내 마음은 한껏 부풀어 올라 책방을 날아다녔다.

가평군에 1000권이 넘는 책을 납품한 어느 날이었다. 면 단위로 위치한 네 곳의 도서관을 돌며 책을 부리고 주문 목록을 확인하는 검수 과정까지 거치고 나니 어느덧 날은 어둑해져 있었다. 딸에게 오늘 저녁에는 뭘 먹느냐는 연락이 왔다. 모처럼 외식으로 돼지갈비를 먹기로 했다. 고기를 먹지 않는 나는 그 대신 밑반찬을 안주 삼아 기분 좋게

맥주 한 잔을 마시며 피로를 풀었다. 그러고 보니 내가 어렸을 때 작은 공장을 운영하던 부모님은 제법 좋은 주문을 받거나 수금을 한 날이면 형과 나를 데리고 외식을 하곤 했다. 고기를 열심히 먹으며 행복해하는 딸을 바라보면서 기분이 묘했다. 그래도 이만하면 북유럽이 잘 버티고 있다는 안도감에 몸이 노곤해지면서, 그날 나는 모처럼 편하게 취할 수 있었다.

코로나19
임팩트

아이가 학교에 가지 않는다는 것만 빼면, 사실 우리 가족에게는 코로나19 이전이나 이후나 딱히 일상의 변화가 있지 않았다. 아내나 내가 출근하는 사람도 아니고, 인구 1만 명도 채 되지 않는 가평군 설악면은 애초에 사람이 별로 없으며, 어차피 아이는 학원 같은 곳을 다니지 않았고, 책방 목표는 여전히 하루 두 권의 책을 판매하는 것일 만큼 장사가 잘 되지 않았기 때문이다.

우리는 각자 하던 일만 계속 하면 되었고, 어쩌다 토막글이라도 청탁받으면 감사할 따름이고, 책방 운영이야 늘 고민이지만 아이의 방학이 계속 이어지고 있는 것뿐이라고 자기 최면만 잘 유지한다면 별 영향 없이 그냥 살던 대로 살면 되었다. 아내는 종종, "우리는 사회적 거리 두기에 최적화된 가족"이라고 농담을 던지곤 했다.

뉴스를 주의 깊게 읽곤 하지만 고립된 생활 탓에 감이 떨어져 그런지 세상이 정말 난리인가 싶었다. 그런데 어느 날 치아 교정중인 딸의 정기 치료를 위해 서울에 다녀온 아내가 너무 한산하다며 자못 놀란 표정을 지었다. "정말 그래? 큰일은 큰일인가 보네"라고 대거리했지만, 그건 좀처럼 몰입을 못하는 보조 연기자의 어설픈 리액션에 불과했다. 떨어진 감을 좀처럼 쉽게 주워 올릴 수는 없었으므로 별로 공감이 가지 않았다. 바깥세상과 무관하게 나는 그저 여전히 일상을 살 뿐이었으니까.

그러면서도 한편으로 안도감보다는 소외감이 더 강하게 느껴져 기분이 묘했다. 한 번도 중심에 서보지 못하고 주변을 맴도는 삶이 이런 때에도 적용되는가 싶어서다.

바이러스나 좀비, 외계인이 등장하는 '침공'류 SF영화들이 오버랩됐다. 대체로 이런 영화에서는 도시 한복판에서 온갖 위기를 겪은 주인공이 도망치다가 어느 시골 마을에서 '침공'의 영향권 밖에 있는 이들을 만나는데, 그런 조연이나 단역에게 감정이입이 되었던 것이다. 세상이 망했다고? 나는 그냥 여기서 내 삶을 살고 있을 뿐인데? 하던 무명씨들….

그리고 문득 두 가지 생각이 머릿속을 가로질렀다. "역시 나는 주인공 타입은 아냐" 하는 생각이 하나였다면, 다른 하나는 "뭐야, 이런 영화에서는 영향권 밖에 있던 시골 사람들이 주인공에게 휘말려 빨리 죽으니까 더욱 조심해야겠군"이었다.

하지만 이따금 우울하고 답답한 기분이 드는 것은 어쩌지 못했다. 놀러오는 관광객이 없다 해도 마트가 걱정이지, 책방은 작년이라고 손님이 있던 것도 아니고, 사회적 거리가 좁다고 딱히 누굴 만나지도, 하물며 만날 사람이 있지도 않으며, 한때 차고 넘쳤던 일이 뚝뚝 끊겨 빠듯하게 사는게 한두 해 전 일도 아닌데 왜 그런지 종종 우울감과 불안감이 엄습해 한숨을 연발하는 일이 잦았다.

우리 집의 가사 노동 대부분을 맡고 있으며 특히 주방

의 책임자인 나는 일부러 매일매일 푸짐하게 밥상을 차렸다. 갈비찜, 탕수육, 해물찜, 고등어조림, 육개장, 전복구이, 파전 등등. 내가 이렇게 허한데 식구들도 같은 기분이 들지 않을까 걱정이 되었고, 그럴수록 든든히 먹여야 한다는 생각에 내가 먹지 않는 음식들도 부지런히 만들어 내놓았다.

그럼에도 불안한 마음은 좀처럼 사라지지 않았다. 뭐지? 어차피 버티며 사는 건 예나 지금이나 마찬가지인데 왜 이렇게 우울하지? 며칠 동안 신경을 곤두세우고 고민하다가 내 우울과 불안의 원인이 코로나 바이러스와 무관하다는 사실을 깨닫고는 실소를 머금었다.

따지고 보면 코로나가 아니었어도 우울과 불안은 결코 떨칠 수 없는 내 삶의 일부분이었다. 나뿐만 아니라 대부분의 현대인 모두가 그러할 것이다. 그런데 마치 오직 코로나 때문에 그런 것이라고 내 속마음은 잠시나마 나의 근본적인 위태와 불안정과 결핍의 이유를 애먼 곳에서 찾고 싶었던 모양이다. 그래야 조금이라도 위안이 될 테니까 말이다.

늘 핑계를 찾는 게 익숙한 내가 참 가련하다 싶었다. 그렇다면 결국 더욱 아무렇지 않은 듯 일상을 살아야겠다는 빤한 결론도 이어졌다. 그리고 아무래도 좋으니 제발 코로나가 어서 사라졌으면 좋겠다는 결론도.

《인디고잉》을
'함께' 읽으며

코로나19에 다른 여건까지 겹쳐 중단했지만 청소년 인문학 잡지《인디고잉》토론회는 책방에서 1년 넘게 운영한 프로그램이었다. 부산의 이름 난 청소년 서점 '인디고서원'에서 계간으로 내고 있는 잡지에 대해서는 오래 전부터 관심이 높아 구독하고 있었다. 그러다가 학생들이 같은 세대의 생각과 글을 읽고 토론해보면 어떨까 생각했다.

가입자가 1000명이 넘지만 개별 피드 조회 수는 채 100명도 되지 않는 책방 네이버 밴드에 계획과 일정을 올린 후 걱정스러운 마음으로 한동안 지켜보았다. 한 명도 신청하지 않으면 어쩌지? 하는 우려와 달리 네 명이나 신청해주었다. 가평읍에 사는 학생이 세 명, 멀리 안양에서도 한 명이 와주었다. 모두 중학교 3학년 여학생이었다.

학생들과 딸까지 참여해 네다섯 명이 3개월에 한 번씩 모여 《인디고잉》은 물론, 별도로 선정한 책까지 두 권을 미리 읽고 이야기를 나눴다. 첫 모임 때는 미국 출신 환경 다큐멘터리 감독 크리스 조던이 8년 동안 북태평양 미드웨이 섬에서 알바트로스가 겪은 환경 피해를 담은 영화 〈알바트로스〉 1회 상영권을 구입해 시사회를 갖기도 했다. 인간이 함부로 버린 플라스틱을 의심 없이 삼킨 탓에 첫 비행에 실패하고 결국 바다에서 죽어가는 알바트로스의 망연자실한 모습을 보며 모두 함께 눈물을 흘렸다. 그 외에도 우리는 인권과 평등과 차별과 환경과 삶의 가치에 대해, 《인디고잉》과 선정한 책을 중심으로 이야기를 이어나갔다.

물론 책과 무관한 이야기도 많았다. E는 학교에서 한 여학생의 치마 속을 더듬은 '도덕' 교사에 대한 징계가 제대로 이뤄지지 않은 것에 분개했다. 그는 더 이상 학교와 교사에 대한 어떤 기대도 남아 있지 않음을 이후에도 서슴없이 밝히곤 했다. N은 모인 학생들 가운데 유일하게 학원을 다니고 있었는데 공부에 대한 욕심과 부담을 동시에 안고 있었다. 학원에 다니는 것에 대한 개인적 필요성과 부족한 자유 시간 사이에서의 갈등을 종종 토로했다. 중학교 3학년부터 벌써 진학에 대해 살벌한 긴장감을 갖고 있다는 것이 놀라웠다. S는 좀 냉소적인 스타일과 달리 학생의 본분에 대해선 엄격하고 타인에 대해서는 너그러운 입장을 늘 견지했다. 외모에서 풍기는 이미지와 다른 S의 생각이 늘 신선하고 재미있었다. 그 사이에서 딸은 언니들의 이야기에 흥미를 보이며 평소 우리와 나눈 의견을 이따금씩 개진했다. 하지만 그보다는 주로 E와 함께 차려진 간식과 음료를 '순삭'하는 역할을 성실히 수행했다.

좋은 시간이었다. 2시간 남짓 모임을 마치고 학생들이 떠나고 나면 선물처럼 큰 보람이 남았다. 준비했던 모든 게 아깝지 않았다. 더 잘 준비해야겠다는 생각이 들었다. 아내는 우리가 배운 게 더 많다고, 어떤 어른으로 살아야 하는지 경각심을 갖게 되는 시간이라고 평했다. 아무리 귀찮아도 이 모임은 유지하자는 말과 함께. 나 역시 보다 많은 학생들이 참여해도 좋으리라고 바랐다. 언젠가 이 아이들이 직접 인문학 잡지를 만들어도 좋겠다는 허무맹랑한 상상도 함께.

《인디고잉》읽기를 포함해 딸은 책방에서 주최하는 모든 프로그램에 참여했다. 엄밀히 말하면 책방에서 기획하고 운영한 모든 청소년 프로그램은 딸을 위한 고민에서 기인한 것이었다. 아니, 책방을 시작한 이유가 여기에 있었다. 머리가 커지는 딸을 보며 읍내에 있는 카페와 PC방 외에 청소년들이 머물 수 있는 공간을 만들고자 했던 생각에서 출발했으니까. 물론 세상 물정과 트렌드를 파악하지 못한, 현실 감각 부족한 순진한 공급자 마인드에 불과했지만.

아이를 어떻게 키워야 하는가는 항상 그리고 여전히 풀리지 않는 고민거리였다. 전원생활을 꿈꾸기 시작했을 때 주변의 가장 큰 반대 이유는 단연 아이의 교육 문제였다. '조기' 교육은 물론 '고급' 교육이 필요한데 인프라가 부족한 지역에서 어떻게 아이를 키우려 하느냐는 지적이었다. '고급'은 모르겠고 '조기' 교육에 거부감이 컸던 나는 전혀 신경 쓰지 않았다. 이제 막 세상을 배우는 아이들에게, 딱이 시기에 도대체 어떤 '전문적' 교육을 시작해야 하는지이해할 수 없었다.

　다섯 살의 딸이 두 번의 뇌수술과 2년 넘는 약물 치료를이어나가는 동안 나와 아내의 바람은 오직 아이가 건강하게 자라는 것이었다. 중증 환자로 분류되어 실손 보험조차들지 못한다는 얘기를 듣고는 건강은 훗날 딸의 생계와도연결될 수 있음을 실감했다. 어느덧 2년이 지나고 매일 아침 먹던 쓰디쓴 약을 끊은 날, 흰색 드레스에 화관을 쓰고마당을 뛰어다니며 기뻐하던 아이의 얼굴을 생생히 기억한다. 아이가 속한 유치원이 지역 대표로 일산까지 가서 공연했을 때는 그 속에 끼어 익힌 대로 어설프게 춤추던 모습에 감정이 북받쳐 눈물을 감추느라 애를 먹었다. 그건 유치원 졸업식 때도 마찬가지였다. 아이가 건강하게 그리고평범하게 지내는 것만으로도 감격이었고 감사할 따름이었다.

　딸이 건강하게 자랄 거라는 확신을 가진 건 초등학교에입학할 무렵이었던 것 같다. 앞서 언급했듯 딸은 읍내의 한 학년에 두 반씩 있는 초등학교 대신 몇 킬로미터 더 떨어진 분교에 입학했다. 전교생 스무 명 남짓의 작은 학교였다. 그 안에서 딸은 갈수록 건강해지며 6개월에서 1년으로, 1년에서 2년으로, 졸업할 무렵에는 다시 2년에서 3년으로 병원 정기검사 간격을 벌려나갈 수 있었다.

정기검사를 받는 즈음이 아니면 딸의 병력도 주의사항도 잊고 지냈다. 그리고 어느 순간부터 딸에 대한 기대는 건강에서 다른 곳으로 옮겨갔다. 딸은 음악을 좋아했다. 피아노와 클라리넷과 기타를 하나씩 배워나갔다. 음악을 전공해도 좋다고 생각했지만 어느 즈음에 이르면 흥미와 열정을 잃었다. 나는 책 읽고 글 쓰는 습관만은 꼭 기르길 바랐다. 학원에 다니는 대신 그 정도는 해도 된다고 생각했고, 다행히 딸은 잘 따라주었다. 이만하면 다르게 키운다고 믿었다.

하지만 딸이 중학교에 입학하며 양상은 달라졌다. 언제부터인가 수학과 영어와 과학과 수행평가 따위가 중요한 관심사가 됐다. 딸은 공부를 잘하는 편이었음에도 내가 바라는 건 '편'보다는 '만점'임을 성적표를 받을 때마다 확인할 수 있었다. 실수로 아는 문제를 틀렸다거나 기대보다 낮은 성적을 받아오면 언짢아지는 나를 발견했다. 딸이 공부를 게을리 할 때마다 심하게 다그치는 것도 부지기수였다. 그럴 때면 집은 초상집 분위기로 돌변했다. 딸에게 부담을 주었음은 물론이다. 내가 언성을 높이거나 실망의 기색을 숨기지 않을 때 딸은 어떤 마음이었을까. 행여 상처받지는 않았을까. 분명히 그랬을 테지만 거기까지 전혀 고려하지 못했다. 어느 순간, 딸에게 바라는 궁극적인 기대가 결국 경쟁에서 이기게 하는 것이 전부라는 사실을, 나는 절망적으로 인정했다.

《인디고잉》을 읽고 토론할 때마다 성적이 전부가 아님을 스스로 새삼 각성하기도 하고 그렇다고 말하기도 했다. 청소년들이 세상에 대해 관심을 기울여야 한다는 사실을 깨닫기도 하고 그렇게 말하기도 했다. 자신의 존엄성을 갖기 위해 생각하고 돌아보고 비판적으로 바라보는 사람이 되기를 바랐으며 그렇게 말해주었다. 하지만 딸의 성적이나 진학 문제 앞에서 집착하고 갈등할 때마다 함께 책을 읽고 이야기를 나누는 게 어떤 의미인지 모르겠다. 언젠가 아내와 씁쓸하게 내린 정의가 있긴 하다. 우리가 딸에게 바라는 건 "세상에 대한 건강하고 비판적인 시선을 갖춘, '그러면서도' 좋은 대학에 합격하는 학생"이라고 말이다.

아내가 임신했을 때부터 나는 우리의 아이를 다르게 키우고 싶다고 말하곤 했다. 그런데 '다르게 키우고 싶다'는 것도 실은 욕망의 다른 이름이었을 뿐이다. 어찌 되었든 결론은 알아서 잘해주기를, 좋은 대학에 가고 경쟁에서 앞서기를 바라는 것이었으므로. 그러지 않아도 된다고, 대학이나 경쟁 따위 필요 없다고 나는 여전히, 그리고 감히 말하지 못한다. 그러기엔 확신도 없고 내 그릇도 너무 작다. 아니 내 사이즈와 무관하게 우리 사회가 다른 길을 얼마나 제시하고 있는지도 의문이다. 아무래도 이 혼란만큼은 속 시원히 해소하지 못할 것 같다. 오늘도 나의 갈등은 계속되고 있다.

멍의
추억

중학교 때 같은 반 친구와 싸우다가 눈에 커다랗게 멍이 든 적이 있다. 싸움을 해본 사람은 알겠지만, 아니 좀 더 정확히 표현하자면 얼굴에 멍이 들어본 사람은 알겠지만 문제는 아픈 것보다 쪽팔린 데 있다.

학교 친구들이야 다 봤을 테니 저 새끼 싸움 못 한다는 낙인만 감수하면 될 일이지만 가장 큰 난관은 바로 식구들이었다. 어디서 그렇게 됐는지 어쩌다 그렇게 됐는지 일일이 따져 묻는 것도 그렇고, 뚱뚱한 놈이 덩칫값 못한다느니 가뜩이나 먹고사는 데만 신경 써도 모자랄 판에 애까지 변변치 못해 맞고 다닌다느니 갖은 비난과 힐난을 받을 일이 여간 걱정되지 않았다.

온갖 궁리 끝에 내가 생각해낸 변명은 놀다가 철봉에 부딪혔다는 거였다. 코피도 잘 흘리고 워낙 멍이 잘 드는 체질이어서 선생님에게 매질을 당하면 남들 두 배 이상 멍이 오래 남아 있는 걸 엄마에게 보여준 적이 있었고, 딱히 다른 마땅한 변명거리도 떠오르지 않았다.

엄마는 내 말을 믿는지 안 믿는지 모를 표정을 지었지만 더 이상 구체적으로 캐묻지 않았다. 더구나 형과 아버지에게 내가 '철봉에 부딪힌' 걸 대신 알려줌으로써 문제가 확대되는 걸 미연에 막아주기도 했다.

며칠이 지났다. 가끔 싸울 당시와 얻어맞은 상황, 여전히 남은 멍 따위가 상기되어 민망함과 부끄러움이 밀려오기는 했지만, 어느 저녁에는 형이랑 멍을 문지른 계란 속이 정말 검게 변했는지 확인했을 만큼 무뎌지고 아무렇지 않게 되었다.

아마도 그 주 금요일이나 토요일이었을 것이다. 엄마는 공장에서 평소보다 일찍 퇴근해 제법 분주하게 저녁을 준비했다. 그때 살던 집은 긴 부엌에 방 두 개만 붙어 있는 다세대 주택이어서 TV가 있는 안방에서 문을 열고 고개만 내밀면 엄마가 뭘 하는지 한눈에 볼 수 있었다. 엄마가 준비하는 저녁상은 내가 좋아하는 '사라다'와 삼겹살 구이였다. "오늘, 손님 와?" 내가 물었고 엄마는 "아니"라고 했다. 그런데 왜 이걸 하느냐고 다시 물었을 때 엄마는 이렇게 답했다. "잘 먹고 힘내서 다음부터는 맞고 다니지 말라고."

한 통의 전화를 받았다. 몇 번 통화한 적이 있는 도서 납품 전문 업체의 직원이었다. 전날 결과가 난 가평군 도서관 도서 납품 입찰에 참가하지 않았기에 혹시 책방을 접은 건 아닌지 궁금해서 걸어봤다는 것이었다. 입찰에 참가할 수 있는 책방은 지역에 매장을 가지고 있는 달랑 세 곳이라 곧바로 눈에 뜨여 전화를 건 모양이었다. 출근 전 한참 아점을 준비해 막 첫술을 뜨려던 참에 당혹스러워 입맛이 싹 달아나고 말았다. 잠시 후 확인해보니 일주일 전에 공고가 올라왔고 전날 입찰을 마감해 발표가 난 상황이었다.

문제는, 내가 까맣게 모르고 있었다는 사실이었다. 이전 해부터 지역 도서관 도서 납품 입찰에 참가해 어쩔 때는 낙찰을 받고 주로 탈락했는데, 그 모두 누군가 알려줘서 했던 일이었다. 더 이상 아무도 연락해주지 않으니 모른 채 그냥 지나가는 상황이 생긴 거였다.

너무 속이 상하고 창피하고 화가 났다. 몇 년이나 책방을 운영하면서도 여전히 누군가 알려주고 떠먹여줘야 움직인다는 것이, 좀 명민하고 능숙하게 움직이지 못하는 것이, 무엇보다 한 달에 책 100권도 못 팔아 임대료 내기도 늘 숨이 가쁜 판에 뭐하느라 이런 중요한 일에 신경도 쓰지 못하는지 속이 상했다.

물론 입찰에 참가했다고 해서 내가 낙찰받으리라는 법은 없다. 어차피 운빨이고 능력이나 전문성이나 영향력 같은 게 작용하지 않았다. 그러니까 더 좋은 기회이고 반드시 참가해야 하는 일이었다. 가장 속상하고 짜증나고 한숨이 나오는 건 생각 없이 지내다가 기회를 그냥 놓쳐버렸다는 사실이었다. 잊고 싶은데 머릿속에서 이 일이 영 지워지지 않았다.

책방에 나와 잔일들을 보며 두세 시간 우울 모드로 있다가 문득 청소년 시절의 '멍 사건'이 떠올랐다. 스스로가 초라하게 느껴진 공통점에 기인한 것인지, 위로가 필요하기 때문인지, 저녁에 뭘 먹어야 기분이 좋아질지 고민돼서인지 몰랐다. 아니면 정신 차려서 다음부터는 이런 일이 없게 하고 싶은 이유였는지도.

　아무튼 얼른 멍든 자리부터 좀 문질러야 하고 얼른 털고 기운을 차려야 했는데, 그때 나는 계란이 없었고, 어디를 문질러야 하는지 몰랐고, 더구나 엄마도 없었다. 얼얼함은 좀처럼 나아지지 않았다. 그날은 유난히 엄마가 보고 싶었다.

청춘의
종말

밀리 바닐리(Milli Vanilli)는 1988년부터 1990년까지 미국을 중심으로 활동한 팝 듀오다. 나는 40대의 마지막 한 해를 때아니게 이들의 철지난 음악을 들으며 보냈다. 그리고 음악을 듣는 동안 내 청춘이 더 이상 존재하지 않는다는 뒤늦은 자각이 밀려들었다. 여러 가지 이유로 한 시대가 끝났음을 인정했다.

1990년대는 내게 힘겹고도 아름다운 시절이었다. 대학 입학 첫 해에 아버지는 질질 끌던 작은 공장을 결국 폐업하고 빚더미에 앉았다. 엄마와 아버지는 내가 친구들과 밤

새워 술 마시던 어느 날, 집에서 음독을 시도했다. 형은 군대에 있었으므로 나 홀로 몇 날 며칠 서울대학병원 응급실에서 친척들을 맞았다.

당시의 충격은 그 시절 내내 나를 옭아맸다. 주변의 웅성거림이나 평가가 아니라 직접 가난을 실감하며 우울한 청년으로 살기 시작했다. 이전처럼 엄마와 아버지를 대하기가 힘들었다. 그 일을 잊기까지는 많은 시간이 필요했다. 학교생활은 등록금을 벌기 위해 아르바이트를 하고, 밤이면 술을 마시고, 그러다가 부모님이 떠올라 서둘러 집으로 걸음을 옮기고, 그런데도 왠지 들어가고 싶지 않아 집 근처를 서성이고, 잠을 못 이루다가 소설책을 뒤적이고, 지금의 아내를 짝사랑한 게 전부였다. 뭐 하나 딱히 내 마음대로 이뤄지는 것이 없는 것처럼 느껴졌다. 나만 문제여서가 아니라 20대는 특히 더욱 그런 시절이란 걸 그때는 알지 못했다.

당시 가끔씩 현실을 잊고 들뜨게 만들어주는 존재가 있었다. 1992년 혜성처럼 등장한 '서태지와 아이들'의 리더 서태지였다. 일단 음악부터 가공할 정도로 충격이었다. 작사 작곡도 전부 혼자 했다고 했다. 화면 속에서 춤추며 노래하는 모습을 보고는 심장이 멎는 것 같았다. 한순간에 매료되고 말았다. 그 화려함이라니, 카리스마라니. LP와 테이프를 모두 구입했다. 앨범에 담긴 전 곡을 외울 정도로 몇 번이고 반복해서 들었고 가끔은 혼자서 춤을 흉내 내기도 했다. 그의 기사가 난 스포츠신문을 꼼꼼히 읽고 귀 동냥으로 정보를 쌓아나갔다. 로커 출신 댄스 음악 작곡가 겸 가수. 편견 없이 도전하는 천재. 빠른 72, 그러니까 나랑 초등학교 입학 년도가 같은 사람. 북공고 중퇴, 그러니까 학력도 파괴. 너무나 비현실적인 존재 아닌가? 천재란 이런 것인가 싶었다. 내 현실이 막막할수록 그가 현재진행형으로 만들어내는 엄청난 성공 신화가 대단하게, 감격적으로 느껴졌다.

'서태지와 아이들' 앨범은 3집까지 구입했다. 1집과 2집에 비해 큰 반향을 일으키지 못한 음악이 아쉬웠지만 그건 전혀 중요치 않았다. 술자리에서 누가 그에 대한 안 좋은 소리라도 하면 늘 나서서 목에 핏대를 세웠다. 그는 대한민국 문화계를 이끄는 독보적 천재라고, 네가 감히 평가할 인물이 아니라고, 내 앞에서는 감히 서태지를 욕하거나 폄하하지 말라고 주장했다. 이후로 사는 게 바빠 크게 관심을 기울이진 못했지만 그에 대한 '신뢰'만큼은 언제나 공고했다. 그러나 차츰 그에 대한 애정은 서서히 시들어갔고, 결국 그는 언제부터인가 나와는 무관한 사람이 되었다.

40대의 마지막 해에, 그들이 '타의'에 의해 해체된 지 거의 30년 만에 밀리 바닐리의 존재를 알게 되었다. 유튜브 알고리즘을 통해 '탑골공원 뮤직'에서 '서태지'로, '서태지'에서 '서태지 표절'로, '서태지 표절'에서 '밀리 바닐리'로 이어진 것이 계기였다.

그들을 세상에 알린 〈Girl, You know it's true〉를 듣고 엄청난 충격을 받았다. 이 노래가 서태지와 아이들의 〈난 알아요〉와 너무나 흡사하게 들렸기 때문이었다. 자료를 찾아보니 당시에도 상당한 논란이 됐던 모양인데 표절 논란은 이 곡뿐이 아니었다. 〈하여가〉도 〈교실 이데아〉도 〈컴백홈〉도 〈필승〉도 표절 시비에서 자유롭지 않았다는 사실을 뒤늦게 알았다.

한 시대를 위로받으며 선망했던 '거인'이, 실은 내가 알고 있는 존재가 아닐지도 모른다는 사실이 혼란스러웠다. 한때 서태지에 대해 그토록 관심을 가지고 있었으면서 당시에 회자되었던 논란을 전혀 알지 못했다는 것 자체가 여간 당혹스럽지 않았다. 어쩌면 서태지가 아니라 서태지라는 환상에 열광했을 뿐이라는 자각이 밀려왔다. 내가 품었던 선망과 신뢰가 사실은 그가 아니라 나로부터 비롯된 것일지도 모른다는 각성. 그래서 보고 싶은 것만 보고, 듣고 싶은 것만 듣고, 믿고 싶은 것만 믿었던 것은 아니었는지.

돌아보면 이런 사건들은 사는 내내 흔한 것이었다. 확증편향. 첫인상에, 첫 느낌에, 이런저런 호감과 비호감에 휩쓸려 누군가를 우상화하고 누군가를 혐오하는 일은 얼마나 자주 반복되는가. 다만 어떤 건 금세 태세를 바꾸고, 어떤 건 긴 시간 동안 편향에 사로잡히고, 어떤 건 영원히 바뀌지 않을 뿐.

〈Girl, You know it's true〉가 점점 더 좋아진 것이 맹목과 확증편향에 대한 각성 때문이었는지, 노래 자체의 매력 때문이었는지, 아니면 그냥 단순히 귀에 익숙해진 까닭인지 알 수 없었다. 하지만 어느 순간 나는 밀리 바닐리에 깊이 매료됐고, 그래서 때아니게 30년 전 뮤직비디오를 하루 종일 틀어놓고 반복해 듣기 시작했다.

아이러니한 것은 유튜브를 통해 들었던 밀리 바닐리의 히트곡들, 예컨대 〈Girl I'm gonna miss you〉〈Baby don't forget my number〉〈Blame it on the rain〉 등 모든 노래가 정작 그들의 목소리가 아니었다는 사실이다. 그들은 그저 립싱크 가수였을 뿐 노래를 부른 진짜 가수는 따로 있었다. 곡을 만들고 부른 진짜 가수들의 외모에 상품성이 없다고 판단한 프로듀서가 무대에서 입만 뻥끗하며 춤을 춰줄 멋진 춤꾼 겸 모델들을 내세웠던 것이다. 그런데 이들의 노래와 퍼포먼스가 전 세계적으로 폭발적인 인기를 끌면서 감당 못할 상황까지 치달았다. 밀리 바닐리는 그래미 신인상까지 수상했지만 결국 '마네킹 가수'였음이 밝혀지면서 미국 팝 역사상 초유의 사기 행각을 벌인 불명예를 남기게 되었다.

너무 빤한 소리임에도, 과연 보이는 것과 들리는 것만이 전부가 아니다. 보고 싶은 것만 보고 듣고 싶은 것만 듣는다면, 그래서 믿고 싶은 것만 믿는다면 세상을 직시할 수 없다. 나는 '밀리 바닐리'의 노래를 들으며 '서태지'와 완전히 결별할 수 있었다. 그리고 어느 순간, 내 청춘이 완전히 끝났다는 사실을 깨달았다. 이제는 새로운 인생을 시작할 때라는 사실도.

보름달
에게

　　모처럼 만난 아버지는 몇 달 전보다 훨씬 건
강해 보였다. 뇌졸중 후유증으로 불편한 왼쪽 몸을 이끌고
우리 집 스무 계단을 오르내리는 것을 힘겨워하지 않는 모
습에서 충분히 느낄 수 있었다. 덕분에 원고를 써야 했던
하루를 제외하곤 매일 한 번씩 짧고 긴 나들이를 함께 했
다. 읍내에 휴대전화를 교체하러 나가거나, 근처의 유명산
으로 드라이브를 가거나 했다. 이전 명절 때는 머무는 동안
단 한 차례도 집밖 출입을 하지 않던 아버지였다.
　일주일 내내 우리는 많은 대화를 나누었다. 아버지는 지

난 번 만났을 때 했던, 어제 했던, 심지어 오전에 했던 얘기를 생각나는 대로 반복했다. 아버지 자신을 포함한 친척들의 옛날이야기가 대부분이었다. 이미 수십 번 들은 얘기였지만 흥미로운 듯 반응하면 한 시간 가까이 말을 이어나갈 때도 있었다. 나는 아버지가 몹시 외로운 거라고 생각했다.

대화가 오가는 동안 찬찬히 아버지를 살펴보곤 했다. 허옇게 돋아난 수염과, 내게 물려준 납작한 뒤통수와, 버석하게 마른 피부와, 총기가 사라진 희부윰한 한쪽 눈동자. 안약을 넣으며 아버지는 이제 왼쪽 눈이 아예 보이지 않는다고 했다. 그러다가 내 눈치를 살피고는 늙으면 다 그런 거라고, 어차피 뭘 보고자시고 할 것도 없으니 아무렇지도 않다고 얼버무렸다. 나는 대답 대신 잠시 후 내 왼쪽 눈을 가린 채 주위를 두리번거리는 것으로 아버지가 느끼고 있을 불편을 가늠해보았다.

2013년 추석이었다. 왼쪽 눈의 이상을 발견한 아버지는 모든 검사를 마치고는 수술 직전, 돌연 치료를 거부했다. 혼란스럽고 어수선한 때였다. 그해 2월 엄마가 돌아가시고 처음 맞는 명절이었다. 형은 행방이 묘연했다. 휴대전화는 며칠 전부터 끊겨 있었다. 나와는 마지막 통화 때 아버지 돌봄과 자신의 거취 문제로 서로 짜증 섞인 말을 주고받다가 좋지 않게 전화를 끊은 뒤였다. 아버지는 갑자기 바뀐 환경과 형을 건사하지 못하는 무기력한 자신을 답답해했다. 아버지에게 형은 평생 품 안의 자식이었다. 당신은 일찍 병들어 엄마에게 형을 건사케 했는데, 엄마가 돌아가셨으니 어쩌지 못하고 가끔 안타까운 마음만 내비치곤 했다. 나 역시 당장이라도 터질 것처럼 극도로 예민해져 있었다. 엄마가 평생 해온 역할을 대신 맡아야 한다는 게 감당되지 않았고, 그럼에도 당연히 그래야 한다는 표정으로 바라보는 주위의 시선이 부담스럽고 억울하기도 했다.

그 추석 이후 두 달 가까이 형과 연락할 생각을 하지 않고 있었다. 대신 아버지로부터 종종 안부만 전해 들었다. 전화로 아버지는 형이 요즘 연락이 뜸하다고 했다. 알아서 잘 살고 있겠죠. 짜증을 섞어 아버지에게 했던 말이 기억난다.

그리고 11월, 형의 부음을 전해 들었다. 아버지의 전화를 받고 부랴부랴 경찰서로 달려가 형의 시신을 확인했다.

강가에서 건져진 형은 평소의 마른 모습을 도저히 찾아볼 수 없을 만큼 다른 사람이 되어 있었다. 아무리 한참을 바라봐도 낯설고 혼란스러워, 내 앞의 몸이 전혀 형이 아닌 것만 같았다.

아내와 둘이 장례를 치렀다. 형의 휴대전화를 끝내 찾지 못했으므로 사촌들을 제외하고는 생전 형을 알고 지냈던 지인들이 조문하는 일조차 없었다. 간신히 상경한 아버지는 지하 장례식장 대신 4층 병실에 입원해 그 기간을 함께했다. 몇몇 친척 어른이 줄초상을 걱정했지만 다행히 그런 일은 일어나지 않았다. 나는 멀쩡할 때는 아버지의 병실 주변을, 술에 취했을 때는 형의 영정 사진 주변을 서성이느라 정신을 차리지 못했다.

화장터로 가기 위해 오른 장례버스에는 기사님을 제외하고 나와 아내뿐이었다. 첫날 아무 생각 없이 얼떨결에 버스를 예약했는데, 이럴 줄 알았으면 마지막 길이라도 리무진 승용차에 태워 보내줄 걸 하는 후회가 밀려왔다. 후회가 미련을 부르고, 원망이 아쉬움을 삼키는, 더디고 더딘 시간이었다.

형의 장례를 치르기 며칠 전 모르는 유선 번호로 전화가 걸려왔었다. 새벽 1시가 넘은 시간이었다. 원고 마감중이라 나는 그때 깨어 있었다. 형이 건 전화일지도 모른다고 직감했지만, 받을까 말까 고민하다 끝내 받지 않았다. 만약 형이라고 해도 술에 취해 건 전화이겠거니 했다. 받아봤자 어차피 기분만 상할 것이고, 형은 다음 날 기억조차 하지 못할 거라고 말이다. 아침에야 미안한 마음이 들어 다음에는 무조건 그리고 반갑게 받아야겠다고 결심했었다.

하지만 그걸로 끝이었다. 더 이상 어떤 연락도 오지 않았다. 며칠 후 아버지로부터 형의 부음을 듣게 될 줄 몰랐다. 엄마를 떠나보내며 막연한 상상으로 아버지나 형은 언제가 되었건 엄마 때만큼 눈물이 나지 않을 것 같았는데, 장례 기간 내내 울음을 멈추지 못했다. 나는 태어나 형이 독립하기까지 26년 동안 같은 방에서 한 이불을 덮고 살았다.

끝내 아버지에게는 새벽에 걸려왔던 전화 얘기를 하지 못했다. 그 얘기를 하면 내가 진짜 나쁜 놈이라는 사실을 들킬 것 같아 두려웠다.

그 이후 몇 번의 명절을 보내며 아버지와는 제법 편안한 사이가 되었다. 아버지를 부축하면서 손을 잡을 수 있게 되었다. 엄마 이야기를 하다가는 가끔 복받쳐 눈시울이 붉어져도 전혀 창피하지 않았다. 어쩌다가는 평소 금기시했던 형 얘기를 꺼내기도 했다. 문득문득 생각난다고, 가끔 꿈을 꾸기도 한다고, 그래서 마음이 좋지 않다고 고백했다. 나는 생각했다. 어느덧 시간이 흘러 아버지와 나 사이를 지탱할 수 있는 관계가 비로소 만들어졌다고.

추석 당일 저녁에는 딸에게 이끌려 옥상으로 향했다. 소원을 빌고 싶은데 엄마는 벌써 잔다고 했다. 우리는 두 손 모아 보름달에게 소원을 빌었다. 제법 컸다고 딸이 먼저 이번 소원은 각자 비밀로 간직하자고 제안했다. 나 역시 그러겠노라 했다. 나는 아버지가 좀 더 건강하고 편안하게 남은 생을 살게 해달라고 소원을 빌었다.

삶을 소비하는
방법

돌 즈음의 딸은 한술 한술 이유식을 받아먹으며 언제나처럼 미소 지었다. 비록 특별하지 않을지언정 아이가 하는 새로운 경험들을 보는 것만으로 신기하고 행복한 시절이었다. 아니, 그땐 아이와 하는 모든 평범한 일들이 특별하게 느껴지기만 했다.

의사 선생님 말씀과 요리 책 한 권에 기대어 삼일에 한 번 꼴로 두 종류의 이유식을 만들었다. 그리고 장난감만큼 작은 여러 개의 용기에 나눠 담아 냉동한 뒤 하나씩 꺼내 먹였다. 8개월 만에 미숙아로 태어나 모든 면에 더디게 성장하던 아이는 한 끼 분량의 이유식을 꼭 두 번에 나눠 조금씩만 먹었다.

그날도 마찬가지였다. 아내는 출근했고 나는 집에서 일하며 아이를 돌보면 되었다. 아침에 절반을 덜어 남겨둔 나머지를 점심식사로 먹이는 것은 어려운 일이 아니었다. 냉동한 이유식을 해동하는 번거로움도, 매 숟가락마다 후후 부는 수고도 필요치 않았다. 그저 적당히 식은 이유식을 먹기 좋은 양만큼 떠먹이면 그뿐이었다. 그렇다고 생각했다.

몇 숟가락이나 삼켰을까. 아기가 흘린 찌꺼기를 주워 먹었을 때 슬며시 다가오는 시큼한 느낌. 용기를 코에 바짝 당겨 냄새를 맡고 한 숟가락 맛을 보았다. 때는 이제 막 반팔 티셔츠를 꺼내 입기 시작한 5월의 어느 날. 어떤 조건 때문이었는지 불과 서너 시간 만에 이유식이 상해 있었다.

당혹스러웠던 것은 딸아이의 표정이었다. 아빠가 주는 음식이므로 아무런 의심 없이 받아먹으며 미소 짓던 얼굴. 그것이 이제 막 상하기 시작한 이유식이었음에도. 딸아이의 표정에 왠지 부끄러움이 밀려들었다. 그리고 동시에 떠오르는 얼굴이 있었다.

딸아이가 태어나기 훨씬 전의 일이다. 그날 아내와 내가 왜 집이 아닌 다른 곳에서 출근길에 올랐는지는 모르겠다. 심야 영화를 봤거나 친구들과 어울리다 근처에서 토막잠을 잤는지도. 결혼하고 7년간 아이가 없었던 우리는 그렇게 살았다. 아무려나 그날은 익숙한 버스 대신 전철을 탔고, 종종 이용하던 4호선이 아닌 3호선 충무로역에서 내렸다.

수많은 이들이 오가는 아침의 풍경이 낯설어 그랬을 것이다. 아니면 지난밤의 피곤 때문이었을까? 가뜩이나 길눈이 어두운 나는 좀체 방향 감각을 찾지 못한 채 헤매고 있었다. 피곤에 지친 아내는 전적으로 내게만 의지할 뿐이었다. 그리고 아내는 물었다. 어디로 나가야지? 하고.

그 말에 조금 짜증이 밀려왔다. 너무 피곤했고 길은 모르겠고 내 팔을 붙잡고 있는 아내의 팔도 무겁게 느껴졌다. 무엇보다 나보다 길눈도 밝으면서 내게만 의지하는 모습이 갑자기 불편했다. 하지만 그렇다고 티를 내면 괜히 욕만 먹을지도 모르는 일. 얼른 아내와 헤어지기로 결정했다.

"아마도 여기 계단 위로 올라가면 될 거 같은데?"

우리는 전철역을 사이에 두고 대각선 거리에 각자의 사무실이 있었으므로, 내가 가야 하는 길은 아내와 반대 방향이었다. 나는 얼른 아내에게 손을 흔들어주었다.

모퉁이를 돌고 계단을 오른 뒤에야 비로소 차츰 풍경이 눈에 익고 길이 보이기 시작했다. 그리고 내가 아내에게 길을 잘못 알려주어도 한참 잘못 알려주었다는 것을 깨달았다. 내가 이만큼 돌아가야 했으므로 아내도 이미 그랬을 것이었다.

한참이나 걸음을 옮겨 역을 빠져나가려다가 반대 방향에 있던 아내와 눈이 마주쳤다. 그런데 나를 발견하자 아내는 어제 만나고 못 봤던 것처럼 반갑게 손을 흔들며 환한 미소로 나를 반겼다. 자신도 확실히 길을 알아냈다는 듯 반대 방향으로 가겠다는 손짓과 함께.

그 얼굴이 나를 미안하게 했다. 아까 조금 더 집중하지 못한 것이. 성의 없이 행동한 것이. 도망치려 했던 것이. 무엇보다 아무런 의심 없이 나 때문에 헤맨 것 따위 아랑곳하지 않고 다시 마주친 것에 반가워하는 아내의 모습이.

돌아보니 상한 이유식을 먹으며 미소 짓던 딸아이의 표

정과, 헤매던 끝에 나를 보고 반갑게 손을 흔들던 아내의 얼굴은 하나였다. 나의 어떤 행동과 말에도 아무런 의심조차 하지 않던, 나를 향한 무조건적인 믿음을 드러내고 있던 얼굴들. 덕분에 나를 부끄럽고 미안하게 만들었던 얼굴들. 둘이지만 하나였던 그들의 미소를, 나는 '절대 신뢰'라는 단어로 간직한다.

그때의 사소한 일들이 문득문득 떠오르곤 한다. 나를 휘청거리게 한 거대한 풍파만큼 의미가 담긴 사건이었다. 삶은 소비하지 않아도 어차피 소모된다. 그래서 삶의 관건은 어떻게 소비하느냐에 달려 있는 것이 아닐까. 나를 조금이나마 가치 있게 만드는 방법은 누군가의 믿음을 배반하지 않는 거라는 사실을 기억하고 싶었다.

어느 초가을에 쓴
편지

　　　지금 내 방 창문 너머에는 수많은 잠자리들이 날아다니고 있다. 어찌나 많이 날아다니는지 이놈들을 길게 줄 세우면 저 너머 앞산까지 닿을 수 있을 것만 같다.

　물론 잠자리들이 나를 위해 하늘 위로 긴 줄을 만들어주지는 않을 테지. 꽃들은 피어났다 지고, 텃밭의 고추는 또다시 대롱대롱 열매를 맺고, 잠자리들이 춤추듯 하늘을 뒤덮는 오후의 시간. 그렇게 가을이 오고 있을까.

　잠시 물 마시러 내려간 아래층에서, 당신은 소파에 길게 누워 낮잠 들어 있었지. 아까 당신 곁에서 한참을 삐악삐악

소리 지르던 아이도, 언제부터인지 모르게 곁에 누워 곤한 모습으로 꿈나라에 가 있고….

그 모습을 보고는 물 마실 생각도 미루고 계단에 앉아 한참을 내려다본다. 무슨 좋은 꿈이라도 꾸고 있는 것일까. 조금 더운 듯 간간히 꿈지럭거리면서도 잠들어 있는 내내 한가득 미소 머금고 있는 모습을. 그리고 큰 대자로 널브러져 그야말로 '동그란' 표정으로 잠들어 있는 아이의 모습도.

잠시 후, 발걸음을 되돌린다. 왠지 모르지만 기분 좋은 심정으로. 굳이 물을 마시지 않았어도 개운한 느낌으로. 아니 가장 적절한 표현으로는 한껏 안심이 된 마음을 안고서.

별스럽지도 않은 풍경에 뿌듯해지고 개운해지며 무엇보다 안심이 되는 것은 둘의 존재가 현재 내 삶을 규정하는 가장 절대적인 이유이기 때문이다. 떨어져 있으면 궁금해지고, 별일 없었을 안부를 굳이 확인하고, 서로의 일상을 살피고, 함께 웃고, 함께 궁리하고, 함께 잠들며, 함께 꿈꾸는 사이. 세상 그 무엇보다 소중한 '오늘'과 조금은 기대되는 '내일'에 늘 함께 있으리라 믿어 의심치 않는 사이. 혹은 당연히 함께 있어야 하는 사이.

나에게 두 사람은 그런 존재다. 사랑이라 표현해도 좋을 것이며 동행이라 말해도 좋을 것이다. 표현보다 더욱 중요한 것은 두 사람의 존재가 절대적이라는 것.

돌아보면 짧지 않은 시간이 흘렀다. 우리가 기억하는 것보다 더 많은 일들을 겪으며 오늘을 맞이하고 있지. 기분 좋은 추억도, 지우고 싶은 순간도, 혹은 아득히 잊은 많은 날들이 그 안에 촘촘히 존재하지. 때로는 크게 웃고 때로는 눈물을 흘린 날들. 세상일이란 결코 뜻대로 이뤄지지만은 않았지만, 간혹은 감당하기 버겁거나 게으름의 함정에 빠져 잠시나마 머뭇거린 순간도 있었지만, 그래도 지금까지 잘 걸어왔노라고, 그래서 행복했노라고 말해주고 싶다.

비록 휘황찬란한 삶을 살지는 못했지만, 앞으로도 그럴 테지만, 그러나 우리의 삶이 충분히 의미 있고 빛나고 있다고, 무엇보다 나의 입장에서 그건 온전히 당신과 함께하기에 가능한 것이라고 말해주고 싶다. 당신이 아니었다면 이곳에 있지도 꿈꾸지도 못했을 것임을.

그리고 또한 감사하다. 더 이상 아이가 매운 약을 먹지 않는 아침의 일상과, 아이를 학교에 보내고 당신과 함께 나누는 수다의 시간이, 언제나 풍요로운 공통분모를 가지고 있는 우리들의 취향과 관심사들, 서로의 일에 대한 사소하지만 진심을 담은 조언들이.

더불어 간혹 떠올리는 무모하고도 황당한 내일의 기대와 잠시나마 그 기대가 이뤄지는 상상만으로 함께 웃음 짓는 순간들, 그래도 먹고살 만큼 이어지고 있는 일거리들과 좀 더 넉넉하고 여유로운 생활을 위한 욕심과 궁리들이. 집에 돌아온 아이가 오후 내내 부르는 노래와 기타 소리, 그리고 이곳저곳 남겨두는 보물섬 지도 같은 편지들. 어떤 자세를 취하건 여전히 '동그랗다'고밖에 표현할 수 없는 모습으로 잠든 아이와 그 모습을 바라보다가 다시 시작되는 기나긴 이야깃거리들이. 무엇보다 지금까지 그래왔던 것처럼 이 소중한 일상을 앞으로도 늘 당신과 함께할 것임에.

순탄했다고도 험난했다고도 감히 평할 수 없지만 적어도 떳떳하고 정직했다는 것만으로 충분히 등 두들겨줄 만한 삶을, 앞으로도 함께 이어나갈 것임을 간절히 소망하면서.

2부

어느 날부터
괜찮지 않아서

주부(主夫)로
살다

"다들 식사할 건데 같이 가자."

경기를 마치고 동갑인 친구가 다가와 말했다. 토요일 새벽에 열리는 사회인 야구 리그에 막 참가하고 팀원들과 친해졌을 무렵이었다.

"안 되겠는데? 집에 가봐야 해."

밥 먹으면서 좀 더 친해지고 야구 얘기도 나누고 싶지만 아쉬움을 삼켰다.

"한 시간이면 되는데 같이 가자."

"음…, 아무래도 안 되겠어."

"오전에 무슨 일 있어?"

"아침식사 차려야 돼. 집에 먹을 게 없어서 들어가 봐야
해."

친구는 잠시 말을 잇지 못했다. '이 새끼….' 어색하게 미
소 짓는 얼굴이 그렇게 말하고 있는 듯했다. 함께 가지 못
하겠다는 이유가 말 같지 않다는 표정. 지금까지 그가 들어
본 식사 거절 핑계 중 가장 어이없는 답변이었을지도 모른
다. 가족 외출을 한다거나 여행 일정이 있는 것도 아니고,
주말 출근을 한다거나 다른 약속이 있어서도 아니었다. 아
침상을 차리기 위해서라….

그렇다. 내게는 아침식사를 차리는 일이 '야구'만큼이나
중요하다.

본격적으로 가사 노동을 시작한 지 몇 년이 지났다.

책방을 열고 얼마 지나지 않아 우연히 리베카 솔닛의
《남자들은 자꾸 나를 가르치려 든다》를 접하고 큰 충격에
빠졌다. 왜 그때 그 책을 골랐는지 모르겠다. 그저 제목이
마음에 들어서였을까. 어쨌거나 그 책을 읽고 내가 제목 속
'남자'의 전형임을, 세상이 내가 인식하고 있던 것보다 심

하게 이상하다는 사실을 뒤늦게야 깨달았다. 어떻게 사는 내내 이 문제를 단 한 번도 제대로 감지하지 못했던 걸까. 평생 '마이너'이자 '비주류'로 살아온 삶을 마치 자랑처럼 떠들어왔는데 가부장제만큼은 '엘리트 코스'를 밟아온 주류였음을 시인해야 했던 순간.

의구심과 호기심에 이제라도 자세히 이해하고 싶었다. 이후로 독서 목록 두 권 중 한 권은 무조건 여성주의 책을 골랐다. 언어며 제도며 법이며 과학까지 당연한 줄 알았던 상식이 실은 하나도 멀쩡하지 않다는 사실을 하나둘씩 알아갈 수 있었다. 지금까지 너무 의심 없이 살아온 것이 억울해 허탈할 정도였다. 새로운 책을 펼칠수록 세상은 달리 보였고 모든 현상이 기존 인식과 전혀 다르게 해석되었다. 나는 조금씩 여성주의 학습자이자 지지자가 되어갔다.

그렇긴 해도 딱히 사는 게 달라지는 건 없었다. 책과 기사를 열심히 꼼꼼히 읽고, 가끔 이런저런 사안에 의견을 보태고, SNS에서 '좋아요'를 누르고, 어쩌다 기회가 생길 때 지역 청소년들에게 개념 설명 정도나 해주는 일이 늘어났을 뿐이다. 또 무엇을 해야 할까. 뭔가 바뀌어야 하는데 입으로만 떠든다고 달라질 건 없어 보였다. 대신 자연스럽게 나를 돌아볼 수 있었다. 하긴 모든 답은 밖이 아니라 안에서부터 찾는 게 빠른 법. 내가 속해 있는 가정의 불평등을 먼저 들여다보는 게 순서에 맞았다. '가사 노동' 문제가 눈에 뜨이는 건 당연했다.

사실 그때까지 나는 '남들'보다 가사 노동을 많이 하는 것에 나름 자부심을 갖고 있었다. 먼저 아내가 임신했을 때부터 1~2년 동안 잠시 집안일을 맡아서 한 적이 있다. 당시 아내는 직장인이었고 나는 프리랜서여서 자연스럽게 '역할'이 바뀐 것이었다. 임신 내내 집밥 외에는 잘 먹지 못하는 아내를 위해 매일 저녁상을 차렸고, 아내가 출산한 후에는 한 달 내내 들통에 미역국을 끓였다. 한 번 잠들면 누가 업어 가도 모를 정도로 깊게 잠에 빠지는 아내가 일어날 때까지 매일 새벽마다 아이를 챙기는 것도 내 몫이었다. 여덟 달 반 만에 미숙아로 태어나 젖을 빨지 못하는 아이를 위해 모유를 모아뒀다가 2시간에 한 번씩 먹이는 일은 두 달간 이어졌다. 짧은 모유 수유 기간을 마친 뒤에는 분유를 먹이고 젖병을 소독하는 일이 기다렸다. 생후 4개월 즈음부터 1년 가까이 이유식을 만드는 일도 내가 전담했다. 나는 당시의 모든 일을 마치 '무용담'처럼 자랑하곤 했다. 여자들은 당연하게 여길 뿐 그러지 않는다는 걸 깨달은 건 나중의 일이다.

아내가 프리랜서의 길에 접어들면서 '원 상태'로 돌아갔지만, 그렇다고 내가 완전히 손을 놓고 나 몰라라 했던 건 아니다. 여전히 걸레질과 화장실 청소를 하고, 재활용품 분리와 음식물 쓰레기 처리를 하고, 설거지를 거의 맡아서 하고, 명절 때는 전도 부치고, 간혹 음식도 만들고, 더러운 것을 치우거나 힘쓰는 일을 맡았으니까. 그렇게 된 데는 아내의 공이 컸다. 아내는 "와우, 고마워"보다는 "그 정도는 해야지!"라거나 "어디서 고작 그거 하고 생색이야?"에 가까운 스타일이었고, 지속적이고 집요한 자극은 나를 늘 긴장하게 했다. 덕분에 항상 이만큼은 하는 '자상한' 남편이라는 생각을 간직할 수 있었다.

하지만 여성주의를 접할수록 이건 어디까지나 착시와 은폐에 불과하다고 생각했다. 우선 분담으로 정의하기에는 내 가사 노동 시간과 활동과 의지가 충분하지 않았다.

할 일을 나눠도 남편은 반려견 산책이나 아이와 놀이동산 가기 같은 비교적 재미있거나 언제든 건너뛸 수 있는 일을, 아내는 식사 준비와 빨래와 청소 같은 피할 수 없는 일을 주로 맡는다는 통계와 관련한 글을 읽은 적이 있다. 내 상황도 별반 다르지 않았다. 일이 조금이라도 많아지거나, 손님을 맞거나, 명절이 되거나, 심지어 내가 '귀찮은' 상태가 되면 언제든 건너뛸 수 있었다. 그럴 경우 집을 굴러가게 만드는 책임은 전적으로 아내가 져야 했다. 반면 반대 상황은 일어나지 않았다. 아내의 일이 많아졌을 때는 어떠했는가? 그때마다 아내는 내게 도움을 '요청'했다. 내가 '통보'했던 것과 달리 말이다. 아무리 '파이팅'이 좋은 아내도 가부장제의 통념과 규범에서 자유롭지 못한 사람이었다. 그걸 적절히 이용하고 있었다고 하는 게 솔직한 표현일 것이다.

뒤늦게나마 이러면 안 되겠다는 생각이 들었다. 똑같이 돈 벌고 똑같이 애 키우면서 아내가 더 많은 가사 노동에 시달려야 할 이유가 없었다. 내가 버는 게 조금 더 많다거나 가사에 능숙하지 않다는 건 핑계거리에 불과했다. 아닌

척 합리적인 척 현명한 척하면서 있는 기득권 없는 기득권 다 긁어모아 누리는 내 모습이 비겁하다고 느껴졌다. 더구나 그 당시는 딸아이가 초등학교 고학년에 접어들던 때였고, 딸에게 우리의 모습이 어떻게 비춰질지 궁금하기도 했다. 조금 더하고 덜하고의 차이일 뿐, 지금 상태로는 결국 일 위주로 사는 '고용주' 아빠/남편/남자와 '피고용주' 엄마/아내/여자라는 가부장제의 전형적 인식을 심어주는 건 아닌지 걱정스러웠다.

"내가 살림을 맡아서 해볼게. 생활을 바꿔야겠다는 생각이 들어. 애한테도 좋은 영향을 줄 수 있을 것 같고." 어느 날 식탁에 앉아 있다가 즉흥적으로 결심을 굳혔다. 아내는 "뭐? 왜? 할 수 있겠어?"라고 했지만 내가 뭐든 정해놓고 하는 걸 좋아하는 걸 잘 알고 있기에 선선히 동의했다. 하긴 가사 노동을 하지 않아도 된다는 데 마다할 리 없었다. 빨래에 대한 이상한 강박이 있는 아내는 이를 제외한 나머지를 내게 넘겼다.

처음에는 끼니마다 밥을 준비하고 치우는 일이 제법 재미있었다. 1년이 지나고 2년이 지나면서 '재미'는 온데간

데없이 사라졌지만, 대신 그 자리에 강한 책임감이 자라났다. 내가 하지 않으면 아무도 끼니를 챙기지 않는다는 생각은 몸을 먼저 움직이게 했다. 처음에는 말이라도 "설거지, 내가 할까?" 하던 아내는 어느 순간부터 아예 신경도 쓰지 않고 식사를 마치면 곧바로 있던 자리로 되돌아갔다. 종종 출장을 다녀오면 싱크대와 가스레인지 주변에 설거지거리와 쓰레기봉지 따위가 어지럽게 흩어져 있는 걸 발견할 수 있었다. '얼마 되지도 않는데 좀 치워놓지' 싶다가도 아내가 가사 노동의 부담으로부터 완전히 자유로워졌다는 방증이라고 생각하면 기분이 좋았다. 어쨌거나 그러자고 시작한 일이었다. 더구나 옛날부터 설거지를 유난히 귀찮아했던 아내였다.

먹깨비인 아이는 배가 고플 때마다 "오늘 뭐 먹을 거야?" 문자를 보냈다. 깨워주고 아침 밥상을 차려주고 등교를 도와주고 먹고 싶은 메뉴 주문을 주고받는 모든 일을 아이와 공유했다. 애가 클수록 점점 벌어진다는 정서적 간격이 '밥'이라는 매개를 토대로 우리 부녀 사이에는 별로 느껴지지 않았다.

요리 실력은 갈수록 늘어나 웬만한 음식을 집에서 만들 수 있게 되었다. 밑반찬을 만들고 국과 찌개를 끓이는 것에서부터 김치 담그는 것까지 직접 하기 시작했다. 사 먹는 돈이 아까운 게 주된 이유였지만 시골에 사는 입장에서 맛있는 걸 먹기 위해 굳이 멀리 가지 않아도 된다는 것이 여간 편하지 않았다. 장을 보는 것이 당연히 내 일이 되면서 집 안 물품 대부분을 거의 모조리 챙길 수 있게 되었다.

그렇게 우리 집의 질서가 조금씩 바뀌었다. 신혼 때부터 공과금이니 대출이니 모두 내가 관리했으므로 어느 즈음부터 '살림을 하고 있다'는 말을 조금 자신 있게 할 수 있게 되었다. 즉흥적인 결정이었을지언정 가사 노동의 책임을 가져온 건 결코 나쁜 선택이 아니었다. 아니, 나의 시야를 넓히고 변화시킨 좋은 일이었다.

"왜 자기가 다해? 제수씨 있잖아?" 주로 남자인 동료나 지인으로부터 몇 차례 비슷한 질문을 받은 적이 있다. 일도 하는데 좀 나누는 게 좋지 않느냐는 '순수한' 의도의 궁금증일 것이다. 나는 아내도 일을 하고 빨래를 하며, 무엇보다 이미 15년 이상 했으므로 앞으로 15년 정도는 내가 하는 게 맞는 것 같다고 답했다.

　어느 여자 동료에게서는 내가 가사를 혼자 떠안는다면 또 다른 불평등을 낳는 것이라 좋은 모습은 아닌 것 같다는 지적을 받았다. 굳이 많고 적음을 따지면 그럴 수도 있겠지만 우리가 바꾸지 못하는 어쩔 수 없는 부분도 감안해야 한다고 생각한다. 우리의 의지와 무관하게 아내는 아이 교육의 '중심'에 설 수밖에 없다. 학교 상담이나 학부모 모임에서 '남자'인 나를 부담스러워하는 게 현실이고, 그래서 아이의 교육과 관련된 모든 소식과 정보가 아내에게 제공되며, 따라서 아내가 신경 쓰게 되는 일들이 훨씬 많다. 그것까지 포함시키면 이 방정식은 거의 등식에 가깝다고 본다. 그게 아니더라도 아니 무엇보다, 가부장제 사회에서 '여자'라는 이유로 항상적인 차별과 부당과 불편에 맞서 싸워야 하는 환경 속에서 아내에게 적어도 집만큼은 노동의 공간이 아니라 안식처가 되기를 바란다. 대부분의 남성이 집을 편안한 공간으로 여기듯이.

　가사 노동은 이전보다 가족과 더욱 연결되어 있다는 느낌, 가족을 존중하기 위해 노력하고 있다는 느낌, 그래서 내가 보다 건강한 가족 구성원이라는 느낌을 갖게 해주었다. 그리고 이 환경 속에서 아이만큼은 이성애 가정의 고정관념에서 벗어난 새로운 세대로 성장했으면 하는 기대를 갖기도 한다. 그렇게 나는 주부(主夫)가 되었다.

가사 노동의
기쁨과 슬픔

오전 7시에 가족 중 유일하게 아침밥을 먹고 등교하는 딸에게 간단한 식사를 준비해주는 것으로 하루를 시작한다. 딸이 식사하는 동안 곁에 앉아 소소한 이야기들을 주고받는다. 오늘 학교에서 어떤 특별한 일이 있는지, 수업 끝나고 스케줄은 어떻게 되는지, 저녁 때 먹고 싶은 건 없는지, 요즘 너무 많이 먹는 건 아닌지, 조금이라도 꾸준히 운동을 할 생각은 1도 없는지, 너무 동그랗고 귀엽게 생긴 건 아닌지 등등의. 아이가 학교 갈 채비를 하는 동안에는 청소를 하거나 밑반찬을 만들거나 때론 빈둥빈둥 라디오를 듣기도 한다.

아내는 아이가 등교하는 시간 즈음 일어난다. 결혼 후 오래도록 아내는 일찍 자고 일찍 일어나는 반면 나는 늦게 자고 늦게 일어나는 스타일이었다. 둘의 생활 방식이 바뀐 건 가평으로 이사 온 다음 해 겨울부터였다. 벽난로를 설치한 이후 식구들이 깨기 전에 불을 피우고 실내를 데워놓기 위해 새벽에 일어나는 습관이 장작이 떨어진 후에도 이어졌다. 한편 그 무렵 한창 자기 책 집필이며 대필 작업이 늘어나 있던 아내는 밤늦게까지 원고 쓰는 일이 잦았다. 그렇게 우리는 생활 스타일이 바뀌었다.

아내와 늦은 '아점'을 먹고 치운 뒤 정오에 책방 문을 연다. 그러려고 시작한 게 아닌데 책방에서의 시간은 상당히 '외롭다'. 경기(景氣)나 계절과 무관하게 항상 안 된다는 뜻이다. 코로나19의 영향도 전혀 받지 않았다. 그게 아니었어도 어차피 안 됐기 때문이다.

'땡그랑' 고요를 깨뜨리고 문 열리는 소리는 강아지들과 산책 나온 아내가 물을 마시기 위해 잠시 들르거나 마을을 휩쓸고 가는 심한 바람이 흔들어놓은 경우가 대부분이다.

책방에 머무는 내내 나는 책을 읽거나, 영화를 보거나, 글을 쓰거나, 직장인들은 단칼에 죽고 프리랜서와 소상공인은 서서히 죽는다더니 이렇게 장사가 안 되다가는 정말 말라 비틀어져 죽는 건 아닌가 걱정에 휩싸이거나, 그런데 말라 죽기에는 내가 너무 뚱뚱하다는 쓸데없는 생각을 하며 시간을 보낸다.

'들장미 소녀 캔디'를 닮아 외로워도 슬퍼도 울지 않는 휴대전화는 오후 6시에 맞춰 '카톡' 알림음을 들려준다. 매일 아내 혹은 아이가 보내는 거의 똑같은 메시지가 뜬다. "저녁 뭐 먹을 거야?" 배가 고프다는 뜻이다. 집에 있는 재료로 만들 수 있는 찬거리를 몇 개 알려주거나 먹고 싶은 음식이 있는지 물어보며 나 역시 저녁 메뉴를 구상한다.

저녁 7시, 책방 문을 닫고 퇴근해 밥을 짓고 찬을 만들어 식사를 한다. 준비 시간은 짧으면 20여 분, 길면 30분을 넘긴다. 저녁식사를 준비하는 시간이 하루 가운데 가장 집중도가 높다. 궁하면 통한다고 그만큼 배가 고픈 것이다. 간혹 아내가 책방을 보는 날이면 조금 여유 있게 별미를 만들어 내놓기도 한다.

함께 식사하는 시간은 언제나 즐겁고 풍요롭다. 모든 음식을 그 자체로 존중한다는 먹깨비 딸은 콩이 들어간 것만 빼면 어떤 음식에라도 '엄지 척'을 투척해준다. 학교에서 오자마자 이미 엄마에게 해줬던 이야기들을 나를 위해 한 번 더 반복해 들려준다. 아내와 나 역시 오늘 있었던 일이나 지금 읽고 있는 책에 대해 이야기를 나눈다. 그 틈에 식구 가운데 유일하게 소식(小食)을 하는 강아지 하이는 밥그릇 주변만 어지럽힐 뿐 정작 사료는 몇 알 먹지도 않고 간절한 눈빛으로 슬픈 연기를 펼치다가, 결국 외면하지 못하는 내게 기어코 간식을 얻어먹는다. 유기견이었던 하니도 이제는 식구가 되어 간식을 원하는 애처로운 눈이 두 배로 늘었다.

가족이 종일 집에서 뒹구는 일요일은 일주일 중 시간이 가장 빨리 지나가는 날이다. 일어나자마자 대청소를 하고 한두 시간 집중해 음식을 준비한다. 일요일 첫 끼는 TV가 없는 우리 집에서 딸이 가장 기대하는 시간이다. 평소보다 푸짐하게 차린 음식을 먹으며 노트북으로 예능 프로그램이나 드라마를 보는 즐거움을 누릴 수 있기 때문이다. 신기한 것은 먹고 치운 뒤 잠시 돌아서면 어느덧 또 밥상을 차려야 하는 시간이 다가온다는 사실이다. 그렇게 차리고 먹고 치우고 돌아서고, 차리고 먹고 치우고 돌아서고를 반복하면 하루가 끝난다. 저녁 설거지를 마치고 돌아서면 아내는 꼭 "수고했어"라는 한마디를 해준다.

가사 노동은 일주일 내내 특별할 것 하나 없으면서도 매일 하루하루를 바쁘게 흘러가도록 만든다. 한편으로는 묘하게 매력적이면서 다른 한편으로는 깊은 함정에 빠지게 만드는 양날의 검 같다. 가장 직접적이고 본질적인 삶의 영역, 즉각적이며 기본적인 생산 노동, 덕분에 식구들의 생활을 영위하게 하는 가치 있는 활동이라는 점에서 보람을 느낀다. 소통의 활로를 만들어주기도 한다.

하지만 누적되는 건 오직 피로뿐이고 때가 되면 리셋되어 새로 시작해야 하는 무한 반복의 일, 누군가는 어쩔 수 없이 해야 하는 지루하고 귀찮은 노동, 무엇보다 보상도 부가가치도 좀처럼 찾을 수 없는 '평가 열외' '비가시화'의 영역이라는 점에서는 무거운 족쇄가 아닐 수 없다. 이 무게가 많은 여성들의 경력을 단절시키고 성장을 가로막고 기회로부터 소외시켜 사회적으로 걸림돌로 작용한다는 건 말할 것도 없다.

　가장 큰 고충은 다른 일과 겹칠 때 생긴다. 원고 마감이 며칠씩 이어지다 보면 나름 질서를 유지하던 일상은 금이 가고 정신은 은하계를 벗어난다. 청소야 잠시 제쳐둬도 그만이지만 안 먹고 살 수는 없으므로 끼니가 다가올 때마다 일은 뚝뚝 끊기고 만다. 한두 끼 정도는 바깥 음식으로 해결한다 해도 매번 그럴 수는 없다. 심하게 똥줄이 탈 때가 아니라면 아내에게 SOS를 치는 것도 영 내키지 않는다. 진작 가사 노동과 결별해 사는 아내의 일상을 함부로 교란시켜서는 안 된다. 거듭 밝히지만 아내도 일을 한다.

　진퇴양난, 우왕좌왕, 동분서주, 그러나 첩첩산중. 덕분에 생활은 어수선하고 일도 예전만큼 능률이 나지 않는다. 전에 이틀 걸리던 일이 삼사일씩 걸려 규모와 일정을 만만하게 가늠했다가 낭패를 본 적이 한두 번이 아니다. 과거에는 경험해보지 못했던 혼란을 겪으며 결코 호락호락하지 않은 삶의 현실을 뼈저리게 느끼곤 한다.

　또한 가사 노동을 한다는 것은 많은 것을 스스로 제약하게 만든다. 식구들의 끼니에 대한 책임을 온전히 느끼게 된 이후 나는 업무가 아닌 이유로 약속을 잡는 일도, 바깥에서 친구들과 술을 마시는 일도 삼가게 되었다. 일과 살림을 병행하다 보니 그만큼 시간이 부족하기 때문이다.

막상 해보니 바깥일과 집안일을 동시에 능숙하게 해내는 것은 보통 일이 아니다. 순서를 안배하고 양쪽의 균형을 맞추려는 궁리 자체만으로도 이미 상당한 에너지가 소모된다. 두 일을 병행할 때면 시간적으로 체력적으로 충돌이 다반사로 일어난다. 두 일을 구멍 나지 않게 해낸들 어떤 보상도 혜택도 뒤따르지 않는다. 잠시 안도할 수 있을 뿐.

문득 궁금해지기도 한다. 이성애 가정에서 육아를 포함해 가사 노동을 거의 전담하는 여성들은 어떻게 일상을 꾸려나가고 있을까? 집안일을 절대 걱정하지 않을 사람이 유리한 구조의 직장 환경에서 또 어떻게 생존하고 있을까?

겪어보니 알 수 있었다. 그리고 지금 여전히 겪고 있는 고단함과 피로와 혼란은 내가 가사 노동을 외면하거나 도망칠 수 없는 이유이기도 하다. 가사 노동의 기쁨과 슬픔이다.

"미안한데
부탁이 있어"

• 엄마가 돌아가신 후 우리 집에서 명절을 보내기 시작하면서 나는 새로운 스트레스에 직면했다. 뇌졸중 후유증으로 거동이 불편한 아버지는 지방에서 생활하시다가 명절 때만 올라와 머물렀는데, 그 일주일 남짓의 기간이 긴장의 연속이었다.

아버지는 워낙 입이 짧은 편이었고 십수 년 전부터 이도 성치 않았으며 국 없이 식사를 못했다. 나는 명절 한참 전부터 삼시 세끼 메뉴와 차례 준비에 고심해야 했다. 아버지가 지루하지 않게 지내시도록 하는 것도 문제였다. 집에

TV가 없으니 긴 시간 무료함을 무엇으로 달래드려야 할지 막막했다. 가장 큰 걱정거리는 아버지가 아내나 딸과 잘 지내도록 하는 것이었다. 이들 모두와 연결된 유일한 사람으로서 나는 적어도 함께 지내는 시간 내내 서로 불편하거나 상처 받는 일이 없기를 바랐다. 아니 기왕이면 짧은 기간이나마 정을 나누는 훈훈한 시간을 갖기를 바랐다.

하지만 세상일은 뜻대로 되지 않는다. 아버지는 정성껏 준비한 음식에 젓가락을 대지 않거나, 어쩔 때는 상을 다 차리고 나서야 밥 생각이 없다며 준비한 사람을 김빠지게 만들었다. 그럴 때마다 존중받지 못하는 느낌이 들곤 했다. 대화는 좀처럼 이어지지 않았다. 평생 이렇다 할 대화를 나눠본 적이 없는 부자지간은 말할 것도 없거니와 한 다리를 더 건넌 아내나 딸도 대화를 이어나가지 못했다. 낯가림이 심한 딸은 늘 할아버지를 조심스러워했고, 아내 역시 첫날 식사 때 안부를 묻는 잠시의 대화 이후로는 화젯거리를 만들어내지 못했다. 아버지 역시 불편한지 내내 방에만 머무르다가 식사 때만 잠시 모습을 내비쳤다.

그렇게 아버지는 아버지대로, 아내와 딸 역시 나름대로

서로 눈치를 살피느라 불편한 생활을 이어나갔다. 함께 지내는 것에 대한 걱정의 한편에 모처럼 아버지를 만나는 반가움도 컸던 나는 어색하고 분절된 분위기가 당혹스럽기만 했다. 결국 그냥 신경이나 덜 쓰고 아무 일 없이 얼른 이 기간이 지나가면 좋겠다는 결론에 포기하듯 도달했다.

하지만 이것 역시 뜻대로 되지 않았다. 아내와 나는 평소 별다른 의견 충돌 없이 그냥 넘어갔을 일을 가지고도 이 기간만큼은 말다툼을 했다. 그게 아니더라도 무의미한 말 한 마디에 예민하게 반응하거나 불필요한 신경전을 벌였다. 나는 불과 일주일인데 아버지에게 좀 더 살갑게 대하지 않는 아내가 원망스러웠다. 아내 역시 평소답지 않은 과민한 태도로 일관하는 내가 못마땅했을 것이다.

··시간이 약인 이유는 적응하고 무뎌지고 무엇보다 모든 게 지나가기 때문이다. 몇 년이 지나고서야 명절 스트레스와 갈등에서 조금씩 벗어날 수 있었다. 아버지는 아내와 딸과 전혀 친해지지 못했다. 대신 내가 이들이 앞으로도 친

해지지 못할 거라는 사실을 받아들였다. 어색하고 불편한 사이에 괜히 친한 척 불필요한 에너지를 쓰는 것도 의미가 없다고 생각했다. 그건 누구를 위한 연극도 아니었다. 관계는 서로의 마음을 주고받는 첨예한 거래로서 하루아침에 이뤄질 리가 없다.

나는 불편해하는 아버지를 억지로 거실로 모시는 대신 내가 방으로 들어가는 쪽을 택했다. 아버지도 서먹서먹한 며느리나 손주와 있는 것보다 친숙한 아들과 둘이 있는 게 훨씬 편할 것 같았다. 나는 아버지 방에서 책을 읽고 노트북으로 영화를 보고 수다를 떨었다.

아내와 종종 빚었던 갈등은 내가 주방 일을 도맡으면서 자연스럽게 해소되었다. 아버지가 살아 계신 동안은 유지하기로 한 차례에 올릴 음식을 만들고 삼시 세끼를 챙기는 것에 눈치를 보지 않게 되면서, 아내와 나는 아무것도 아닌 걸 아무렇지 않게 받아들일 수 있었다. 살림을 시작한 것은 과연 '치트키'였다. 이제는 더 이상 명절을 보내는 것이 부담으로 느껴지지 않았다. 적어도 그렇게 생각했다.

∴ 어느 추석 다음 날이었다. 명절 다음 날은 항상 작은 아버지와 고모가 아버지를 뵈러 오는 날이어서, 그때마다 나는 일부러 아내와 딸을 서울로 보냈다. 아버지 손님을 모시는 것은 내 일이고, 다른 식구들이 불필요한 불편을 겪을 이유가 없다고 생각했기 때문이다. 둘은 도시에서 놀다가 처제 집에 가서 하루 묵고 돌아오기로 계획을 세웠다.

신경 쓰지 말라고 했는데 그날 아내는 잊을 만하면 메시지를 보냈다. 두 분이 오셨는지 식사는 했는지 물어보기도 했고, 딸이 도시 음식 앞에서 어떤 가공할 전투력을 보였는지 전해주기도 했다. 평소에도 자주 하는 일상적인 문자 대화였다.

손님들을 배웅하고 설거지를 하고 있을 무렵 아내로부터 전화가 왔다. 오후 2시가 조금 넘은 시간이었다. 아내는 "미안한데 부탁이 있어"라는 말로 이야기를 꺼냈다. 어제 빨래 돌린다는 걸 깜박하고 오늘 아침에도 그냥 나왔으니 시간 될 때 꼭 돌려달라고 했다. 시키는 대로 설거지를 마치고 빨래를 돌려 볕에 널었다. 그런데 전화를 끊고 설거지를 하는 내내, 빨래가 돌아가는 내내, 빨래를 너는 내내, 아내의 말이 계속 머릿속을 맴돌았다. "미안한데 부탁이 있어"라는 말.

그날 나는 내가 살림을 하는 게 아니라 어쩌면 놀이를 하고 있는 건지도 모른다는 생각을 처음 했다. 뭔가 실천하겠다고 했는데 말만 번지르르 했을 뿐 처음부터 선을 너무 명확하게 그은 건 아닌지 의심이 들었다. 살림을 맡기로 했으면 빨래도 내가 했어야 했는데 아내가 빨래는 그냥 두라고 했을 때 너무나 선선히 그러겠다고 했다. 빨래를 하면 속이 후련해진다는 평소의 말을 고민 없이 믿었다. 아내가 정말 '빨래성애자'인지 아닌지는 다음 문제였다. 아니 진짜 빨래성애자인지도 살폈어야 했다. 사실 나는 빨래까지는 떠맡기 싫었고 그래서 특별한 경우가 아니면 신경도 쓰지 않았다. 그게 아내를 여전히 가사 노동에 묶어놓는 일이라는 걸 한 번도 의심하지 못했던 것이다.

새삼스레 이곳이 남자들이 얼마나 살기 좋은 세상인지 절감했다. 그건 가사 노동을 떠안는다고 달라지지 않는 거였다. 아니, 남자의 가사 노동은 오히려 특별한 매력으로 작용했다. 요리를 잘한다고, 착하다고, 나는 있는 모습 이상의 과도한 호감과 칭찬에 둘러싸였다.

"미안한데 부탁이 있어"는 그때 이후 내게 부적과 같은 말이 되었다. 의식적, 무의식적으로 남자의 '자격'을 이용해먹고 싶을 때, 집안일이 하기 귀찮을 때, 아내에게 뭔가 요구하고 싶을 때 "미안한데 부탁이 있어"를 떠올린다. 그러면 주위를 살피고 돌아보며 조금은 정신을 차릴 수 있었다. 이런 주문은 몇 개쯤 더 있어도 좋겠다는 생각도 해본다.

단발머리 귀신에 대한
소고

춘천에 위치한 대안 중학교에서 일주일에
한 번 문예창작 수업을 맡아 학생들을 가르친다. 학생들을
가르치는 것 자체도 즐거운 일이지만 딸 또래 아이들의 생
각을 읽을 수 있는 경험도 여간 귀하지 않다.

하나의 사건을 여러 갈래의 이야기로 만드는 것은 학생
들의 반응을 끌어올리고 줄거리를 짜는 방법을 이해시키
는 데 많은 도움이 된다고 믿는 수업 과정 중 하나다. 한 학
생이 자신이 겪었거나 들었던 사건을 소개하면, 다른 학생
들이 각자의 상상력으로 새롭게 이야기를 덧입혀본다. 한

사건에 학생 수만큼의 버전과 장르가 탄생해 수업이 끝날 때쯤에는 수십 개가 넘는 이야기들이 만들어졌다. 어떤 이야기는 산으로 가고, 어떤 이야기는 바다로 가고, 또 어떤 이야기는 안드로메다로 갔다. 그리고 이 가운데 가장 인상 깊었던 사건과 이야기들을 간추려, 다음 시간부터는 같은 주제로 모든 학생들이 직접 글을 써보는 기회를 가졌다.

학교 옆 건물인 교육원의 '단발머리 귀신'은 국어 선생님으로부터 비롯되어 전교생에게 퍼진 이야기였다. 밤에 그곳을 지나가다가 단발머리 귀신을 봤다는 사람이 몇 있다는 사연이 전해지고 있었다. 학생들이 워낙 흥미를 보여 곧장 다음 주에 이것을 글감으로 글쓰기 수업을 진행했다. 단발머리 귀신의 구체적인 외모는 어떤 모습일까, 외모 말고 어떤 능력과 특징이 있을까, 왜 교육원에 갇히게 되었을까, 귀신의 원한을 풀어 저승에 보내줄 방법은 어떤 게 있을까 등의 질문을 칠판에 적었다.

다른 때에는 글쓰기에 수동적인 태도를 보이던 학생들까지 이 이야기에 대해서는 A4지 한 장 이상 빼곡히 글을 적었다. 학생들이 상상한 단발머리 귀신의 외모는 제각각이지만 그곳에 갇힌 이유는 거기서 거기였다. 상황이 조금씩 다를 뿐 결국 왕따를 당하던 중 사고를 당했다거나 집단 괴롭힘으로 갇혔다가 빠져나오지 못하고 변을 당했다는 식이었다. 빤한 상상력이 아쉬웠지만 나로서도 딱히 달리 떠오르는 바가 없었다.

종이에 적어 미리 낸 다른 아이들과 달리 연우는 개인 노트북으로 원고를 작성해 수업이 끝날 즈음에야 USB 메모리로 제출했다. 그래서 당장 연우의 글을 확인하지 못했고, 이런저런 일로 깜박 잊고 있다가 다음 주 수업 전날 밤에야 생각이 나서 USB 메모리를 컴퓨터에 꽂았다. 거기에는 이전에 읽었던 학생들 것과는 전혀 다른 내용의 글이 있었다. 연우가 소개한 단발머리 귀신의 특징과 사연은 대략 이러했다.

"이름만 듣는다면 무심코 여성을 떠올리겠지만 단발머리 귀신은 남성이다. 그는 10년 전 교육원에 공연 온 록밴드의 보컬이다. 공연을 마친 뒤 영 시원찮았던 학생들의 반응에 속상했던 그는 밴드 동료들과 헤어져 교육원이 마련해준 숙소에서 잠들었다. 그런데 선천적으로 심장병을 가지고 있던 이 보컬은 공연 여파와 학생들에게 받은 스트레스로 그만 심정지를 일으켜 죽었다. (…) 선생님들은 교육원에서 연수를 받은 뒤 하필 그가 죽은 204호에 머물다 마주친 것이다. 선량한 그 귀신은 우리 학교 밴드부가 연습할 때만 모습을 드러낸다. 보컬이었던 그가 흥얼거리는 소리에 너무 무서워할 필요는 없다. (…)"

연우의 글은 유쾌하고도 흥미로웠다. 글을 읽으면서 뒤통수를 한 대 얻어맞은 기분이었다. 머리 모양 하나만 가지고 상상력을 구속받는, 고정관념과 편견에 사로잡혀 있었다는 사실이 부끄러웠다. 그리고 딸이 어렸을 때 겪었던 일들이 떠올랐다.

딸은 태어나 한 번도 자르지 않았던 탐스러운 머리카락을 다섯 살이 되던 해에 남김없이 모두 잘라냈다. 악성 뇌수막염으로 결국 수술대에 올랐다. 2주 간격으로 진행한 두 차례의 수술, 부푼 뇌에 신경이 눌려 사시가 된 한쪽 눈, 스테로이드 복용으로 갑자기 비대해진 몸, 투병 스트레스에 따른 원형 탈모, 이후 2년간 하루도 빠짐없이 먹어야 했던 독한 약 등으로 딸이 겪은 육체적 고통을 약술할 수 있을 듯하다. 수술을 성공적으로 마쳐 장애 후유증 없이 회복에 들어가고 몇 개월 후 눈이 정상적으로 되돌아오고 부기가 빠져 다시 혼자 걸을 수 있게 된 후에도 아이의 고통은 멈추지 않았다. 감당하기 힘든 독한 약과 재활 때문만은 아니었다. 주위의 따가운 시선과 무례한 참견은 아이를 항상 주눅 들게 만들었다.

"너 남자애니, 여자애니?"

머리핀을 고정시킬 수 있을 만큼 머리카락이 자란 후 엘리베이터를 탈 때마다 그냥 넘어가는 적이 없었다. 굳이 말로 상처를 주지 않더라도 이상하다는 듯 쳐다보는 시선도 부담을 주기는 마찬가지였다. 성북동의 한 전통 카페에서는 한 무리 어른들의 폭력적인 습격을 받기도 했다. 인형을 갖고 놀던 아이에게 양복까지 차려 입은 나이 지긋한 두 어른이 "야, 공룡 가지고 놀아야지! 너 남자야, 여자야?"라고 말했다. 그 말에 아이는 곧바로 위축되었고 참지 못한 나와 그들 사이에 불편한 말이 몇 차례 오갔다. 불쾌하기는 마찬가지였지만 나보다는 이성을 잃지 않은 아내의 만류로 자리를 뜨지 않았다면 큰 시비가 붙을 뻔했다. 그 즈음 나의 참을성은 임계점에 도달해 있었다.

당시 매일 밤 얼른 머리카락이 자랐으면 좋겠다는 소원을 빌고 잠자리에 드는 아이에게, 소원이 금세 이뤄질 거라고, 곧 아주 긴 머리카락을 가지게 될 거라고 말해주었다.

하지만 돌이켜 보면 조금 다르게 얘기해줘도 좋았을 듯하다. 남자라고 무조건 머리카락이 짧아야 하고 여자라고 꼭 머리카락이 길어야 할 필요는 없다고. 머리 모양은 오직 개인의 선택이고 고작 머리 모양으로 상대를 판단하고 함부로 대해서는 안 된다고. 여자아이가 머리카락이 짧은 것에 대해 지적한다면 무식하고 무례한 그 상대가 비난받을 일이지 그것 때문에 위축되거나 숨을 일이 아니라고 말이다. 물론 딸은 무슨 소리인지 이해하지 못하고 다음 날 또다시 소원을 빌었을 테지만.

하이의
선물

　　하이는 생후 50여 일만에 우리 집으로 입양됐다. 2016년 이른 봄날이었다. 키우던 개가 뜻하지 않게 새끼를 네 마리나 낳자 분양에 바빴던 처제의 꼬임에 당시 초등학교 4학년이었던 딸이 넘어갔다. 동물을 지나치게 무서워하던 아내가 허락한 게 신기했다. 아내 덕분에 그동안 개를 키울 생각을 해본 적도 없었을 뿐더러, 딸이 조를 때마다 따로 반대할 필요도 없었기 때문이다. 어쨌든 딸과 아내는 고심에 고심을 거듭해 강아지를 키우기로 결정했다. 모든 게 결정된 후에야 통보받았으므로 내겐 반대할 기회도 명분도 주어지지 않았다. 대신 식구 중 유일하게 개를 키워본 경험자라는 이유로, 심지어 그게 30년 전 불과 1~2년의 멀고도 짧은 경험이었음에도, 주도적인 양육에 임할 것을 명 받았을 뿐이다.

자기가 책임지고 돌보겠노라 했던 딸은 하이가 집에 온 첫날 저녁부터 울음을 터뜨렸다. 낯선 존재가 싸놓은 똥오줌에 신경이 날카로워진 아빠, 어미와 헤어지고 바뀐 환경에 주눅 들어 종일 끙끙거리며 어찌할 바를 모르는 새끼 강아지에게 계속 미안해했다. 딸은 그날 일기장에 "내가 책임지고 하이를 잘 돌봐야 한다"는 비장한 각오를 적고 잠들었다.

나는 새벽 내내 끙끙거리는 강아지를 달래느라 몇날 며칠을 내 배 위에 올려놓고야 겨우 함께 잠들 수 있었다. 지정한 곳에 똥오줌을 싸지 않는 녀석을 어떻게 뜻대로 움직이게 만들지? 고민하다가 일주일 만에 내가 부지런히 치우는 게 더 현명하겠다는 사실을 깨달았다. 이후 틈 날 때마다 배변 패드에 오줌 싸는 훈련을 열심히 시켰다. 하지만 언제부터인가 하이는 자연스럽게 마당에서만 배변을 해결하며 내 노력과 시간을 허사로 만들었다.

　의외로 아내는 하이가 마당을 수시로 드나들며 발에 묻은 흙을 집 안에 옮기는 것에 대해 신경 쓰지 않았다. 강아지랑 같이 사는 데 그 정도는 감수해야 한다며 넉넉한 마음으로 일관했다. 같이 자고 같이 걷고 마음을 주며 다른 종을 향한 새로운 자아를 발견해나갔다. 하지만 아름다운 5월의 어느 날, 5만 원을 주고 잔뜩 사 와 마당 한편에 정성껏 심은 꽃 중 약 3만2천 원어치를, 하이가 고작 10여 분 만에 물고 뜯고 씹고 망쳐놓자 결국 비명을 질렀다. 하이는 즉심에 처해져 곧바로 정원 출입금지를 선고받았고, 현충일을 즈음해 특사로 풀려나 다시 앞마당에 진출할 때까지 한동안 뒷마당만 서성여야 했다.

　그렇게 하이는 우리 가족이 되어갔다. 가끔 집에 돌봐줄 사람이 없을 때마다 책방에 데려가면서 동네에서는 책방 강아지로 불렸다. 처음 책방 문을 열 때 간판 아래에서 온 가족이 사진을 찍은 이후 매년 같은 날 기념으로 찍는 사진에 하이는 어김없이 등장했다. 앞으로도 오래오래 함께 하기를 간절히 바란다.

내가 언제부터 하이를 사랑하게 되었는지는 분명하지 않다. 조금씩 조금씩 관심과 정을 나누면서 점점 서로에게 중요한 존재가 되었다는 표현이 더 정확할 것이다.

하이를 사랑하게 되면서 인연의 신묘함에 대해 종종 생각하곤 했다. 한동안은 술에 취할 때면 하이를 끌어안고 "너는 어쩌다 우리 식구가 됐누?" 하며 답 없는 질문을 던지곤 했다. 다른 종에 대한 관심도 조금씩 커졌다. 이웃과 지인들이 키우는 반려견에게 친절해진 것을 넘어 이전까지 해롭게 여겼던 길고양이에게도 마음이 쓰이기 시작했다.

그리고 나는 더 이상 고기를 먹지 않게 되었다. 어린 시절부터 유난히 고기를 좋아해 어른들로부터 정육점에 장가보내야겠다는 소리를 들었고, 고기 없으면 햄이라도 부쳐야 숟가락을 들 정도로 '육식주의자'로 살아온 나였다. 물론 고기를 먹지 않게 된 것이 전적으로 하이 때문만이라고 말할 수는 없다. 하지만 확실하게 트리거를 당겨준 존재는 하이였다.

그해 초쯤 SNS에서 한 아이가 울고 있는 동영상을 인상 깊게 보았다. 네다섯 살쯤 되는 백인 아이였다. 부모가 준 음식에 들어 있는 고기가 동물의 살이라는 사실을 알고는 먹을 수 없다고 울부짖었다. 동물이 너무 불쌍하다고, 더 이상 고기를 먹지 않을 테니 그 동물을 죽이지 말아 달라고 애원했다. 엄마는 "So Cute"를 남발하다가 그럼 생선은 어떠냐고 물었다. 아이는 생선도 동물이냐고 묻고 그렇다고 하자 그것 역시 거부했다. 동영상은 아이가 결국 콩을 먹는 것으로 합의를 보며 끝을 맺는다.

채 5분도 안 되는 영상을 보는 기분이 묘했다. 어떤 연상 작용이 이어져 아이를 이토록 목 놓아 서글피 울게 만들었는지 쉽게 헤아려지지 않았다. 왜 저러는지는 알겠지만 뭐 그렇게까지…, 하는 기분이 들었다. 하지만 뒤이어 나는 왜 한 번도 저런 생각에 이르지 못했을까, 하는 또 다른 의문이 파도처럼 휩쓸려 와 남긴 자국이 좀처럼 지워지지 않았다. 한동안 동영상을 떠올리고 잊기를 반복하는 시간이 이어졌다.

책방 오픈을 계기로 근 20년 만에 다시 만난《야옹이 신문》편집장 상욱이 형은 내가 처음으로 직접 만나본 채식주의자였다. 20대 초반, 한참 같이 어울리던 시절에 세상 가장 맛있는 고기를 먹지 않는 형이 도무지 이해되지 않았다. 치킨 집에서 형은 손도 대지 않는 닭다리를 뜯으며 형에게 물은 적이 있다. "개나 고양이는 애완동물이니까 그렇다 쳐. (지금이라면 '반려동물'이라고 했을 것이다.) 하지만 닭이나 돼지는 먹어도 되지 않아?" 내 질문에 형은 이렇게 답했다. "초등학교 때 닭을 키운 적이 있어. 그러니까 내게는 닭도 애완동물인 거지." 분명한 의도를 갖고 답했으나 당시에는 전혀 알아듣지 못했던 말이 그즈음 뒤늦게 발에 채였다.

이런 생각들은 자연스럽게, 그리고 고스란히 하이에게 투영되었다. 하이를 볼 때면 인간에 의해 행과 불행, 쾌와 불쾌, 생과 사가 결정되는 다른 종의 운명에 대한 상념이 불편하게 다가왔다. 고등학생 때 학교 앞 중앙시장에서 껍질이 벗겨진 채 걸려 있는 개고기를 봤던 기억도, 2000년대 초반 프랑스 원로 배우 브리지트 바르도의 '한국 개고기 발언'이 논란이 되었을 때 동창들과 '애국심'을 강조하며 일부러 개고기 식당을 찾았던 기억도 떠올랐다. 최근 뉴스에서는 남의 집 개를 식용으로 훔친 엽기적인 사건이 화제가 되고 있었다.

어느 날에는 소파에 앉아 옆에 누워 있는 하이를 쓰다듬는데 내 손에 닿는 늑골이나 다리의 모양과 굴곡 따위가 섬세하게 느껴졌다. 사이즈는 다르겠지만 정육점에 걸려 있는 소나 돼지의 비슷한 부위가 떠올랐다. 동영상 속 아이의 통곡이, 닭도 '애완동물'이었다는 상욱이 형의 말이, 소나 돼지도 이렇게 예쁜 하이와 별반 다르지 않으리라는 각성이 두서없이 머릿속을 어지럽혔다.

때마침 그 즈음 지방 출장을 갔다가 체해 앓아누운 적이 있었다. 먹기만 하면 곧바로 토해 겨우 죽만 몇 숟갈 뜨는 것으로 며칠을 버틴 뒤에야 정신을 차렸다. 워낙 급하게 그리고 많이 먹는 식습관을 고쳐야겠다고 생각했다. 이와 함께 이때다 싶게 또 다른 결심이 나를 재촉했다. 내가 가사 노동, 구체적으로 주방 일을 도맡아 하고 있었기 때문에 '유난을 떠느라' 식구들을 괴롭힐 일도 없었다.

살면서 의도치 않게 친구들을 크게 웃긴 적이 몇 번 있는 것 같다. 첫 번째는 30대 중반에 담배를 끊었을 때였다.

일주일에 두 보루를 10년 이상 피우다가 패치의 효능이 궁금해 금연을 결심하고 단박에 끊었다. 동창 결혼식에서 만난 친구들은 내가 담배를 끊었다고 하자 일제히 박수를 치며 웃음을 터뜨렸다. 지나가던 개가 웃겠다. 누군가 말했다. 그해 나는 가톨릭 세례를 받기도 했는데, 이때도 친구들은 역시 같은 반응을 보였다. 지금도 다르지 않지만 현실 종교의 모습에 지나칠 만큼 부정적인 입장을 견지하고 있었기 때문이다. 오래 살고 볼 일이다. 역시 누군가 한마디 했다.

고기를 먹지 않게 되었을 때도 이제는 각자 사는 게 바빠 몇 남지 않은 친구들은 웃음을 멈추지 못했다. 차~암 가지가지 한다. Y는 평했다. 안 먹는 건지 없어서 못 먹는 건지 분명히 밝히라고 몇 차례 되묻기도 했다. 평생을 일주일에 최소 6일 이상, 아니 하루 두 끼 이상 그것도 엄청나게 먹는 '고기 킬러'였으니 충분히 웃길 만했다고 인정한다.

나는 더 이상 고기를 먹지 않게 된 것을 하이가 준 선물이라고 생각한다. 고기를 먹지 않는 식습관이 얼마나 건강에 좋은지 또는 해로운지는 별로 중요한 문제가 아니다. 다만 평생 주저하지도 의심하지도 않았던 욕망 하나를 중단함으로써 자신을 돌아볼 수 있게 되었다는 것이 중요한 일이다. 그럼에도 변함없이 나를 보존하면서 충분히 행복할 수 있다는 것이 중요하다. 그 작은 실천으로부터 다른 종의 존엄을 지키며 환경과 동물권 등에 대해 계속해서 고민하고 살피는 시선을 갖게 되었다는 것이 내겐 중요하다.

주방에서 음식을 만들다 바닥에 떨어진 것을 주워 먹는 '땅그지' 습관만 고칠 수 있다면, 앞으로도 내가 고기를 입에 대는 일은 없을 것이다.

'에이,

아닌 거 같은데?'

　　　　　　가끔 신상에 대해 소개해야 할 때가 있다. 원고를 의뢰받아 첫 미팅을 갖거나 인터뷰를 진행할 때, 일주일에 한 번 수업을 나가는 대안 학교가 새 학기를 맞아 학생들이 바뀔 때, 이렇게 저렇게 연결되어 지역 청소년들과 이야기를 나누는 기회가 생길 때, 사회인 야구단에 신입 단원이 영입되었을 때가 대략 그러하다.

　가평의 시골에 살고 글 노동을 하는 프리랜서이며, 읍내에 작은 책방을 운영한다고 하면 상대는 대체로 그럴 줄 알았다는 표정을 짓는다. 수염을 덥수룩하게 기르고 조직에 속한 태가 1도 묻어나지 않는 복장에, 눈치 없이 다소 저돌적인 말씨를 쓰는 것에서 진작부터 짐작하고 있었다는 얼굴이다. 반면 채식과 관련한 이야기가 나오거나 함께 식사할 기회가 생겨 고기를 먹지 않는다고 하면 이내 표정이 달라지기도 한다. '에이, 그건 아닌 거 같은데?'로 가득 찬 눈빛과 마주치게 되는 것이다. 하긴 의심은 어쩌면 너무나 자연스러운 반응일지 모르겠다. 곰처럼 크고 뚱뚱한 사람이, 전혀 초식동물 같지 않게 생긴 사람이, 조금 거친 표현으로는 어디서 내려온 웬 '산짐승'이 고기를 먹지 않는다고 하면 그 자체로 심각한 인지부조화를 낳을 수밖에 없을 테니까 말이다.

고기를 먹지 않게 된 뒤 몸에 눈에 뜨이는 큰 변화가 생겼다. 전혀 예상하지 못한 신체 반응이었다. 고기를 먹지 않기로 결심했을 때 마음 한편에는 지금까지 한 번도 가져보지 못한 '적정한' 체격을 유지하게 될지도 모른다는 기대가 있었다. 평생 고기만 먹고 살아왔는데 이제 '금육'을 실천한다면 몸매가 좋아지는 것은 당연한 결과가 아닐까 싶었다.

그러나 기대와는 전혀 다른 변화가 진행되었다. 모처럼 꺼내 입은 바지 단추가 채워지지 않았다. 그 순간 이전보다 더욱 두툼해진 배와 가슴과 엉덩이를 확인할 수 있었다. 급히 올라가 확인해본 체중계의 계기반은 몇 개월 전보다 5킬로그램이나 높은 숫자를 표시했다. 고기를 끊고 살이 '더' 쪘다. "인생은 하나를 잃고 하나를 얻는 게임의 연속"이라고 자주 말하는 아내의 표현이 떠오르는 순간이었다.

고기를 먹지 않으면서부터 무시로 심한 허기를 느끼곤 했다. 평소 영양 관리를 체계적으로 하는 편이 아니어서 고기 이외의 단백질 공급에 전혀 신경 쓰지 않았다. 그저 지금까지 살아온 그대로, 충실히, 먹을 수 있을 때 마음 내키는 대로 먹었다. 그 안에 고기만 없었을 뿐이다.

아니다. 내가 미처 인식하지 못했을 뿐 식습관에 변화가 일어나고 있었다. 우선 고기를 먹지 않으면서 유난히 밥의 양이 늘었다. 평소 워낙 좋아하긴 했지만 국수나 수제비를 먹는 일도 더욱 잦아졌다. 이른바 탄수화물의 습격. 포만감을 느끼기 위한 몸의 요구이기도 했겠지만, 고기를 안 먹는데 이 정도는 먹어도 되지, 하는 마음도 컸던 듯하다.

그건 평생 하지 않던 군것질이 일상적인 행위가 된 것에서도 알 수 있었다. 나는 식사 배와 간식 배가 따로 있다는 아내의 말에 단 한 번도 동의한 적이 없었다. 이전까지는 밥을 먹고 나서는 다른 간식에 여간해서는 손을 대지 않았다. 하지만 고기를 끊고 나서는 떡이며 빵이며 과자 따위를 자주 입에 댔다. 허기도 허기였지만 보상 심리도 작용했을 것이다.

뒤늦게야 정신을 차리고 두부며 생선 같은 단백질을 신경 써서 식탁 위에 올리기 시작했다. 이후 나름 관리하며 기존의 체중까지는 오가고 있지만 그렇다고 이전의 뚱뚱했던 체격이 날씬해지는 일은 일어나지 않았다.

'에이, 아닌 거 같은데?'로 가득 찬 눈빛과 마주칠 때마다 나를 포함한 많은 사람들이 좀처럼 벗어나지 못하는 전형성의 굴레를 생각하게 된다. 고기를 먹지 않는 사람, 채식주의자는 으레 음식에 집착하지 않고 소식(小食)하고 그래서 마른 체형일 것이라고 미루어 짐작한다. 하지만 인간은 한 가지 개성만으로 규정되는 존재가 아니다. 어느 신문에 채식주의자들을 연이어 만나는 칼럼이 연재된 적이 있다. 기자는 뚱뚱하거나 식탐이 강한 채식주의자도 많다며 '그들'에 대한 인식이 바뀌었다고 썼다. 너무 당연한 말을 지나치게 진지하게 기사화한 것에 웃음이 났다.

고착된 인식을 아무런 의심 없이 수용하고 전형성에 기대어 단정하고 재단하는 일은 널려 있다. 30대 중반 내 별명 중에 '아줌마'와 '언니'가 있었다. '아줌마'는 남자들 사이에서, '언니'는 주로 여자들 사이에서 통했다. 머리카락을 기르고 파마를 즐겨 한 당시 스타일도 작용했겠지만 대체로 말이 많고 꼼꼼한 성격에서 비롯된 별명이었다. 그걸 누군가는 '아줌마'의 특징으로 또 누군가는 '언니'의 표상으로 인식했다. 그런데 돌아보면 그게 왜 여성성의 한 단면으로 이해됐는지 의아하다. 말 많고 꼼꼼한 남자가 이 세상에 차고 넘치고 그렇지 않은 여자도 많다는 것은 주위만 둘러봐도 누구나 알 수 있는 사실이다.

반대로 체격과 말투, 성격과 행동 모든 면에서 '일반화' 된 남성의 기준과 다소 거리가 있는 나는, 잊을 만하면 '상남자' 또는 '남자답다'는 말을 듣기도 한다. 지인들을 초대해 도마에 칼질을 할 때, 식당이나 카페에서 고민 없이 메뉴를 고를 때, 책 상자를 책방에 옮길 때, 주차할 때 등 도대체 이게 남자 혹은 여자와 무슨 상관이 있을까 싶을 상황에서 누군가 내게 남자답다고 '인정'한다.

최근에는 그렇게 예민한데 몸이 왜 그렇게 뚱뚱하냐는 지적을 받았다. 고기를 먹지 않는다고 밝혔을 때도 비슷한 질문이 이어졌다. 나는 그나마 예민하고 고기를 먹지 않아서 이 정도지, 행여 예민하지 않았거나 고기마저 즐긴다면 도대체 어떤 몸매를 가졌을지 상상해보라는 말로 웃어넘겼다. 내 모든 개성의 총합이 바로 지금의 '나'다.

여자니, 남자니, 아줌마니, 아재니, 학생이니 하는 규격이 만든 전형성이 불편한 건, 거기에서부터 상대를 범주에 가두려 하거나 특정한 타인으로 구분하기 때문이다. '에이, 아닌 거 같은데?'를 숨기지 못하는 눈빛은 그나마 다행이고 대놓고 자신만의 확증을 드러내는 이에게는 대책이 존재하지 않는다. 내가 바라는 일은 상대로부터 어떤 전형성을 찾는 것이 아니라 그 사람을 그 자체로 바라보는 것이다. 내가 가진 개성과 역사 전부를 합친 결과물로 지금의 나를 인정받고 싶듯이 상대 역시 그만의 개성과 역사가 존재할 것이므로.

　나이를 먹으면서 얼굴은 보지 못하고 어쩌다가 전화로 생사만 확인하는 사람들이 늘어난다. 얼마 전에는 20년 전 모셨던 편집장님과 연락이 닿았다. 6년여 만이었다. 강변역 쪽에서 일한다고, 서울 오면 꼭 연락하라고, 맛난 것을 사주겠다고 했다. "뭘 좋아하니?" 묻기에 이러저러해서 4~5년 전부터 고기를 먹지 않는다고 말씀드렸다. 그러자 대뜸, "그럼 살 빠졌겠네? 많이 변했겠다"라는 말이 휴대전화를 타고 넘었다. 나는 "만나 보면 아실 거예요. 다른 건 모르겠고 마지막에 뵀을 때보다 늙긴 했어요"라고 답했다. 우리는 그저 웃다가 전화를 끊었다.

엄마의

선택

20년도 훨씬 전의 일이다. 막 결혼한 형이
다 먹은 그릇과 수저를 싱크대로 옮기는 모습을 본 후 집
에 돌아오는 차 안에서 엄마는 미간을 찌푸렸다. 곱게 자란
아들이 며느리 눈치를 보는 모양이라고 속상하고 안쓰럽
다고 했다. 엄마는 룸미러를 통해 눈을 마주치며 동의를 구
했지만 나는 몇 가지 이유로 그러지 못했다. 우선 내가 아
는 한 형은 절대로 곱게 자라지 않았다. 또한 형이 옮겨놓
은 그릇 설거지를 한 것은 물론, 그에 앞서 우리가 먹은 음
식을 준비한 사람 모두 남이 '곱게' 키운 딸이었기 때문이

었다. 그에 대해 별 감정을 느끼지 못하는 엄마의 인지부조화를 이해할 수 없었다.

　내가 기억하는 한 엄마는 단 한 차례도 일을 쉰 적이 없다. 150센티미터가 겨우 넘는 작은 체구로 평생 어마어마한 노동 강도에 시달렸다. 젊은 시절에는 아버지가 운영하는 공장에 매달려 경리부터 크고 작은 잔일도 모자라 공장 식구들 네다섯 명의 삼시 세끼까지 홀로 책임졌다. '독박' 가사 노동을 병행했으며, 심지어 그놈의 '집안일'로 제사며 잔치에 불려가 일손을 거들던 일도 다반사였다.

　어렸을 때 방학만 되면 엄마는 집에 콜라며 라면이며 사과 따위를 잔뜩 사두곤 했다. 자신이 없을 때 종일 집에서 지낼 형과 내가 행여 끼니를 거를까 봐 걱정되어서였다. 중학교에 들어간 이후부터 엄마가 공장에 나가 있는 동안 형과 알아서 라면을 끓이거나 김치볶음밥을 만들어 '스스로' 점심 식사를 해결했다. 그래서 엄마는 두 아들을 대견해했고, 저녁 때 집으로 돌아와 밥상을 차리기 전에 먼저 싱크대에 수북이 쌓인 설거지부터 했다. 우리는 먹을 줄은 알아도 치울 줄은 모르는 '사내 녀석들'이었다.

엄마는 아버지가 공장을 접은 후에도 혼자 돈벌이를 하며 삼부자를 먹여 살렸다. 역시 그러면서 매일 밥하고 빨래하고 치우고를 한시도 놓지 않았다. 한시도 벗어나지 못했던 것이라고 하는 게 더 정확한 표현일 것이다.

그런 엄마가 며느리를 들이면 어느 쪽으로 감정을 이입하는 게 자연스러운 현상이었을까. 나는 시대를 잘못 만나 억울하게 살았지만 너는 나처럼 살지 마라? 아니면 나는 그렇게 살면서도 식구들 삼시 세끼까지 꼬박꼬박 다 챙겼는데 너는 그 정도도 못하냐? 어느 쪽도 가능했지만 엄마의 선택은 별로 좋아 보이지 않았다. 엄마는, 아들만 가진 엄마였다.

세월은 흘렀다. 그동안 많은 일들이 있었고 많은 것이 변했다. 멀게는 월드컵에서 우리나라가 4강에 진출하는 쾌거를 거둔 바 있고, 가깝게는 두 명의 전직 대통령이 감옥에 갔다. 반공일이던 토요일은 격주 휴무를 거쳐 완전한 휴일이 되었다. 주홍색 표 모양의 지하철 정액권은 구시대의 유물이 되었고 택시비도 카드로 결제한 지 오래되었다. 나로 말할 것 같으면 어린 시절 네 식구 중 두 명이 세상을 떠났지만 결혼과 출생을 통해 두 명의 새로운 식구와 가족으로 산다.

가끔 멍 때리며 지난 일들을 되짚어보는 습관이 있는 나는, 세상이 얼마나 변했는지를 떠올리며 고개를 갸우뚱거릴 때가 있다. 어떤 면에서는 천지개벽, 상전벽해가 일어난 것 같기도 하면서 또 어떤 면에서는 그다지 달라진 게 없는 것 같다는 생각이 들기 때문이다.

한 대기업에서 직원과 그 가족을 위해 마련한 '가족 쿠킹 클래스' 행사 취재를 간 적이 있다. 인터뷰 원고를 만들기 위해 아직 초등학교에도 입학하지 않은 아들과 함께 온 직원과 이야기를 나눴다. "아이가 엄마랑 요리를 만들면서 즐거워하던가요?" 빤한 질문을 했고 빤한 대답을 들으면 되었다. 그런데 돌아온 대답이 조금 당혹스러웠다. "남자아이라 요리를 해본 적이 없는데 그래도 재미있어 하는 거 같아요." 그냥 넘어가도 되는데 나도 모르게 말이 튀어나왔다. "그런 게 어디 있어요. 여자애들은 뭐 그 나이에 벌써 요리를 해보나요?" 내 말에 아랑곳 않고 상대는 쐐기를 박았다. "그래도 남자애하고 여자애는 다르죠." 자리가 자리인 만큼 "그런가요?" 하고 넘어갔지만 동의할 수 없었다.

딸이 다니는 중학교에서 한 여자 선생님이 했다는 말을 전해 듣고 불편했던 적도 있다. 딸에 이어 아들까지 입학한 한 학부형에게 그 선생님은 "아들이니까 훨씬 더 많이 신경 쓰실 거죠?"라고 당부 겸 인사를 했다고 한다.

시몬 보부아르의 "여자는 태어나는 것이 아니라 만들어지는 것이다"라는 말을 빌려 쓰자면 남성도 만들어지는 것이다. "남자애이다 보니까 시끄러운 편이에요." "아들이라 그런지 잘 어질러요." "확실히 남자애들은 오래 앉아 있지 못해요." "남자아이라 먹을 줄만 알지 치울 줄을 몰라요." 내가 듣고 자랐던 말들이 여전히 나보다 훨씬 어린 부모들의 입을 통해 나온다. 궁금하다. 과연 이러한 행동이 남자로 태어났기 때문에 그렇게 된 것인지 아니면 남자라고 내버려두었기 때문에 그렇게 된 것인지. 그런 '남자'를 만드는 건 누구일까? 우리 스스로 가부장제의 주역으로서 '남자'를 만들고 있는 것은 아닐까? 차별의 구조와 문화에 동조하고 스스로를 결박시키는 것보다 당혹스러운 일은 없다.

가부장제 질서를 가장 강화하는 곳은 두말할 것도 없이 가정이다. 우리는 배우고 익힌 대로 관성적으로 아이들을 길들인다. 딸을 '여자'로 만들지 않는 것보다 더 중요한 것은 아들을 '남자'로 규정하지 않는 것이 아닐까? 억울한 딸들은 언제든 각성할 수 있지만 편리함에 익숙해진 아들은 좀처럼 그러지 않을 것 같아서 걱정이다.

일본의 사회학자 우에노 지즈코의 책《여성 혐오를 혐오한다》에서 이런 구절을 발견한 적이 있다.

> "가부장제란 자신의 다리 사이로 낳은 아들로 하여금 자기 자신을 멸시하도록 기르는 시스템을 가리킨다."

나는 그냥 넘어가지 못하고 이 문장에 밑줄을 그었다.

아들 같은
사위

한 도예 공방을 취재한 적이 있다. 사진 촬영에 앞서 이런저런 이야기를 나누던 사장님이 잘 소개해달라며 공방 팸플릿을 한 장 건넸다. 쓰윽 살펴보는데 '시어머니 며느리 프로그램'이 눈에 띄었다. "굳이 며느리랑 시어머니랑 도자기까지 함께 만들 필요가 있을까요?" 하고 농담을 던졌다. 사장님은 "왜요? 같이 하면 좋잖아요. 사이도 좋아지고…"라고 대답했다. 궁금해서 "혹시 장모님 사위 프로그램도 있습니까?" 하고 물었다. 우리는 서로 말없이 마주보다가 잠시 웃었고 다음 이야기로 넘어갔다.

결혼 전 그렸던 '청사진' 가운데 하나는 아내와 엄마가 모녀지간처럼 지내는 것이었다. TV 프로그램들은 종종 순진무구한 이들에게 현실과 동떨어진 환상을 심어주곤 하는데 곧잘 속아 넘어가는 사람들이 있다. 내가 그랬다. 드라마 속 시어머니와 며느리의 관계가 현실에서도 가능하다고 믿었다. 더구나 아내는 누구와도 잘 지낼 수 있는 친화력을 가지고 있었고 엄마는 늘 상대를 먼저 배려하는 합리적인 성격의 소유자였다. 내가 보기에는 그랬다. 그래서 황당무계한 기대라고 생각하지 않았다.

기대가 무너지는 데는 잠깐이면 되었다. 결혼하기도 전이었다. 형의 이혼에 대한 충격 때문인지 엄마는 아내를 유난하다 싶을 만큼 엄격하게 대했다. 아내도 그런 엄마의 태도를 불편해했다. 결혼 후 부모님 집에 드나드는 횟수는 갈수록 줄어들었다. 괜히 혼자서 조바심 내던 나 역시 어느 순간 모든 걸 내려놓게 되었다. 아내에게 우리 집은 분위기나 환경이 다른 낯선 공간일 뿐 아니라 무려 시댁이었다. 나는 그런 생각을 미처 하지 못했다. 하물며 등가적으로 처가댁을 신경 써야 한다는 사실도.

뒤늦게 시어머니와 며느리가 '모녀지간처럼 지낸다'는 말이 의도하는 바가 얼마나 비현실적이고 작위적인지 알고는 실소를 금치 못했다. 아들만 둘인 집안이라 엄마와 딸 사이가 '리얼하게' 어떤 관계인지 알지 못했다. 서먹하고 무뚝뚝한 부/모자지간과 달리 다정하고 아기자기하고 예쁜 줄만 알았다. 딸만 셋인 아내의 집안을 관찰할 수 있게 되고 나서야 '모녀지간'이 호락호락하지 않다는 것을 알았다. 한마디로 항상 아름답지만은 않았다. 아니 따져 보면 모든 가족 관계라는 게 바깥에서 비춰지듯 늘 맑은 날만 있을 수 없다. 만약 그렇다면 오히려 이상한 관계다. 지지고 볶다가, 울고 웃다가, 싸우다 화해하는 게 가족이다. 모녀지간처럼 지낸다는 건, 그러니까 딸 같은 며느리라는 건 한마디로 일방적인 관계일 뿐이다. 그냥 시댁에 순종하고 잘하라는 말이고, 며느리에게는 결정권을 주지 않는 말이다. 대놓고 강요하는 대신 예쁜 포장지로 감싸기만 했다.

'딸 같은 며느리'는 가부장제가 낳은 판타지임은 달리 볼 여지가 없다. 그런데 나는 왜 그렇게 쉽게 판타지에 매혹되었을까? 당연히 내가 가부장제의 엘리트 코스를 밟아온 결정체이기 때문일 것이다. 그게 현실로 이뤄지지 않았을 때는 왜 쿨하게 받아들이지 못하고 그토록 안절부절못했을까. 인식을 단단히 조이고 있는 '가족' 코르셋 때문이었겠지. 그 코르셋이 얼마나 많은 시간 동안 나를 포함해 얼마나 많은 사람들을 불행하게 만들었을까?

돌아보면 아내와 엄마는 결국 함께 한 15년 남짓의 세월 동안 좋은 관계로 지냈다. 서로 조심했고, 불필요하게 관여하지 않았으며, 무심한 기조 위에서 배려했고, 어떤 일에 대해서는 의견을 나누기도 했다. 그 정도면 충분했다. 아니 내가 충분하고 자시고 평가할 문제가 아니다. 두 사람의 관계는 두 사람의 문제일 뿐이다. 좋으면 다행인 것이고 안 맞으면 애써 가까이 하며 얼굴 붉힐 일을 만드는 것보다 거리를 두면서 서로 미안한 마음을 갖는 게 훨씬 현명하고 아름다운 관계일 것이다.

엄마의 장례식 내내 한 순간도 슬픔에서 벗어나지 못했다. 제대로 음식을 넘길 수 없어 장례를 마치고 5킬로그램 가까이 체중이 줄었다. 조문을 와주신 장모님은 그런 내 모습을 안타까워하며 많은 위로를 해주셨다. 아직 어리고 아픈 손녀를 맡아주시느라 오래 머물지 못하셨는데, 배웅을 나간 내게 이런 말씀을 해주셨다. "너무 슬퍼하지 마라. 이제부터 내가 엄마 해줄 거니까"라고. 감사한 말씀이었지만 장모님의 의도와 관계없이 내가 그걸 원치 않았다. 내게 엄마는 한 명으로 족하고, 영원히 그 한 명을 간직하고 싶다고 생각했다.

동화의
세계

딸은 어려서부터 책 읽기를 즐겼다. 집에 TV가 없기도 했거니와 별로 활동적이지 않은 엄마 아빠 탓에 딱히 다른 선택지도 없었을 것이다. 이제 막 한글을 익힌 딸의 책을 고르면서 동화가 가진 생명력과 경쟁력에 놀라지 않을 수 없었다. 내가 어렸을 때 빠져든 이야기에 35년이 지나 아이가 빠져든다는 것이 왠지 경이로운 경험처럼 느껴지기도 했다. 하지만 이제 와서 딸과 함께 다시 읽는 고전 동화에는 거슬리는 부분이 한두 가지가 아니었다. 이런 내용을 아이가 아무 의심 없이 고스란히 받아들인다면 나중에라도 편향된 인식을 가지게 될지 모른다는 걱정이 들었다.

동화 속 주인공들과 이야기 자체가 가지고 있는 세계관부터 언짢았다. 여성 주인공은 하나같이 남성 의존적으로 운명이 결정되었다. 들여다보면 잠자는 숲속의 공주도, 라푼젤도, 백설공주도, 신데렐라도 모두 왕자의 '간택'에 의해서만 '정상적' 삶에 도달할 수 있었다. 이들의 '미덕'은 참을성 있고 순박하고 그래서 적절한 수동성을 가진 '착한 여자'라는 것뿐이었다.

무엇보다 가장 큰 문제는 잘못된 결혼관이었다. 많은 동화 속 인물들이 덜컥 결혼을 선택하고 정말 운 좋게도, 그리고 너무 쉽게 '행복하게 오래오래 잘' 산다. 하지만 정말 그런가? 도대체 어쩌자고 자신의 신분에 대한 자신감으로, 그리고 상대의 외모를 포함한 인상만을 기준으로 그렇게 뜬금없이 청혼하고 일말의 고민 없이 대뜸 수락하는지 이해할 수 없었다. 결혼 자체가 일종의 거래인 것은 분명하다. 더구나 왕자나 공주의 결혼이라면 더욱 그러할 텐데 동화를 보면 이건 거래조차도 아니다. 행복한 결말에 도달하기 위한 편리하고 확실하고 완벽한 '치트키'일 뿐이었다.

결혼을 결정할 때 가장 중요한 것은 공통된 세계관과 서로에 대한 지속 가능한 애정일 것이다. 그럼에도 아무런 고민 없이 신분만 보고, 외모만 보고, 그렇게 상대에 대한 어떤 이해도 정보도 공감도 없이 선뜻 결혼을 선택하는 것이 멀쩡한 상식으로 가능한 일인가? 더구나 오래오래 행복하게 살았다니. 결혼과 행복을 등가로 이해하게 만드는 설정은 근거도 없고 너무나 위험해 보였다. 만약 그들이 행복했다면 그건 삶에 대한 성실한 노력과 여러 행운이 겹친 결과물일 뿐 결코 결혼 덕분이 아닐 것이다. 오히려 서로에 대한 깊이 있는 이해가 결여된 '졸속' 결혼은 생활 방식과 삶의 태도, 세계관 등에서 상당 기간 크고 작은 갈등을 빚을 가능성이 높다. 물론 이혼의 확률도.

이성애자 남자 입장에서 나는 너무 쉽게 청혼하는 남자는 심히 의심스럽다. 관계를 그토록 가볍게 생각할 수 있다면 이후로도 얼마든지 청혼과 결혼을 반복할 가능성도 높으리라고 생각했다. 그들은 오래오래 행복하게 살았을 테지만(결혼을 많이 해서가 아니라 자기 하고 싶은 대로 하기 때문에) 과연 주변의 다른 관계인들까지도 그럴 수 있을까? 심지어 우연히 길 가던 왕자가 왕국에 뒤덮인 악의 기운을 물리치거나 괴물에게 감금당한 공주를 구하고 청혼하는 모습은, 전쟁에서 이긴 후 전리품을 챙기려는 것처럼 비춰져 더욱 거북하기만 했다.

다른 맥락으로 《잭과 콩나무》는 더 문제였다. 주인공인 잭은 콩나무를 타고 하늘로 올라가 '못된' 거인의 성에 들어가 금화 주머니, 황금 알을 낳는 거위, 노래하는 하프 등 매일 진귀한 보물을 하나씩 훔쳐 온다. 그러다 거인에게 들키고는 땅에 내려와 콩나무를 도끼로 잘라 자신을 쫓아오던 거인을 죽이고 엄마와 행복하게 산다.

이건 아무리 좋게 봐줘도 상습범인 도둑이 피해자이자 목격자를 살해한 이야기가 아닌가? 동화는 주인공을 옹호하기 위해 거인을 남자아이만 골라 먹는 '식인종'으로 설정하고, 성에 사는 여자가 잭이 거인에게 들키지 않도록 숨겨주는 장면을 통해 거인을 악인처럼 묘사하지만, 거인이 식인종이라도 그것이 거인의 재산을 함부로 훔쳐도 되는 이유가 될 수는 없다. 더구나 이야기 속에서는 거인이 '식인'하는 문화적 배경이 거세되어 있다. 이 모든 것은 차치하고 보더라도 잭은 값 비싸고 귀한 남의 물건을 도둑질했을 뿐이다. 잭이 거인을 죽인 이유도 식인 습관이 사회에 해악을 입힐까 봐 응징한 것이 아니다. 자신의 절도가 발각된 것을 포함한 위협에서 벗어나고 사태를 무마하기 위한 살해였을 뿐이다. 아무리 잭의 편에 서서 받아들여도 정당방위로만 덮을 수는 없어 보였다.

나는 잭이 자신의 죄악을 정당화할 목적으로 거인이 다른 문화를 가진 '타자'임을 이용했다고 본다. 그런 의미에서 《잭과 콩나무》는 내게 혐오 문제를 어떻게 왜곡하는지 보여주는 이야기였다. 자신과 다르다는 이유로 상대를 괴물로 낙인찍고 마녀 사냥하고 이를 정당화하는 일은 얼마나 반복적이고 악의적인가. 가깝게는 이민자 문제도 있고, 뿌리 깊기로는 동성애자 문제도 있다.

동화가 새로운 상상력으로 현대화되었으면 좋겠다고 생각했을 무렵 몇 권의 반가운 책을 발견했다. 박현희 선생은 《백설공주는 왜 자꾸 문을 열어 줄까》에서 자신이 라푼젤이라면 "내 스스로 머리카락을 잘라 그 머리카락으로 밧줄을 만들”고, “매일매일 팔굽혀펴기와 윗몸일으키기로 근육의 힘을 기른 뒤, 머리카락 밧줄을 타고 유유히 탑을 빠져나가리라”고 적었다. 혼자 힘으로 탑을 빠져나왔는데 못할 일이 무엇이냐며, “한결 가벼워진 머리를 살랑살랑 흔들어보며 새로운 생을 향해 뚜벅뚜벅 나아가리라”고.

독서모임 ‘구오’가 지은 《선녀는 참지 않았다》에서 선녀는 옷이 없어진 걸 알자 당황하지 않고 곧바로 나무꾼을 용의자로 지목한 후 죄를 묻고 조롱하고 마을 사람들(사회)에게 나무꾼의 죄를 낱낱이 밝힌다. 나무꾼은 날개옷을 숨긴 범죄가 발각되고도 끝까지 혐의를 부인하다가 괘씸죄까지 더해져 천 일간 벌거숭이로 사는 형벌을 받는다. 한마디로 “선녀는 참지 않”고 제대로 시원하게 응징했다.

김행숙 시인의 《사랑하기 좋은 책》은 안데르센의 동화 《인어공주》를 아름답고 비극적인 사랑 이야기를 넘어 인어공주의 용기, 인어공주가 추구했던 ‘이상형’, 인어공주를 곁에 두지만 확실한 사랑은 주지 않은 왕자의 ‘밀당’, ‘다른 삶’에 대한 동경, 이타성, 삼각관계, 질투, 섹스에 이르기까지 사랑의 본질과 속성을 집요하게 탐구한다. 인어공주에 새로운 상상력을 더하면 얼마나 많은 이야기들이 변주될 수 있는지를 배울 수 있다.

성인에게도 마찬가지이지만 아이들에게 이야기는 생각의 기반이자 삶의 지향이 된다. 다큐멘터리 영화 〈우먼 인 할리우드〉를 보면 만화에 나오는 여성 캐릭터의 노출에 익숙한 여자 어린이들이 성적 어필을 따라한다는 연구 결과가 소개된다. 반대로 2012년 〈메리다와 마법의 숲〉과 〈헝거 게임〉이 나온 이후 양궁 수업을 수강하는 여자 아이 비율이 105퍼센트나 높아졌다는 내용도 나온다.

동화는 우리가 삶에서 처음 접하는 이야기이며, 아이에게 처음 들려주는 이야기이기도 하다. 동화가 우리 아이들에게 좀 더 풍성한 상상력과 새로운 길을 가르쳐 주었으면 좋겠다. 구시대적 사고방식에 사로잡힌 삶은 나 하나만으로도 충분하다고 본다.

동굴만큼
19호실도

《화성에서 온 여자 금성에서 온 남자》를 읽기 전부터 남자의 '동굴'에 대해 잘 알고 있었다. 베스트셀러에 대한 쓸데없는 거부감으로 책이 히트한 1990년대 당시에는 읽지 않았다. 나중에 어디서 주워들은 '동굴'이 궁금해 검색해보고 기원이 이 책이었음을 뒤늦게 알았다. 이 책 이후 학계는 아니더라도 적어도 일반 대중에게 '동굴'은 정설이자 과학으로 자리 잡은 듯하다. 한동안 남녀 불문하고 심심찮게 '동굴' 이론에 대한 이야기를 듣곤 했다.

골자는 한마디로 남자에게는 기본적으로 자기만의 동굴

이 필요하며, 종종 어떤 상황에 이르렀을 때 홀로 동굴로 들어가 머무르곤 한다는 것이다. 그곳에서 생각을 정리하고 에너지를 충전하는 것은 본능적인 일이자 장기적인 안목으로나 관리 차원에서도 긍정적인 면이 있다는 것. 그러므로 주변에서는 남자가 동굴 밖으로 나올 때까지 인내심을 갖고 기다려주는 게 현명한 처사라는 조언도 뒤따른다.

나는 동굴 이론에 절대적으로 공감했다. 실제로 결혼해 가정을 꾸리고 살면서 동굴은 내게 절실한 그 무엇이었다. 난처한 일을 겪었을 때, 스트레스가 쌓였을 때, 어떤 방해도 받지 않고 영화나 야구를 보고 싶을 때, 그러니까 나만의 시간이 갖고 싶을 때, 그리고 무엇보다 부부싸움에서 밀렸을 때 나는 혼자 있기를 간절히 바랐고 마음은 자연스레 '동굴'로 향해 있었다.

'현명한' 아내는 내가 머무를 수 있게끔 알아서 동굴을 만들어주었다. 결혼 후 몇 차례 이사를 할 때마다 줄곧 내가 사용할 별도의 공간을 마련해준 것이다. 직장을 다닐 때부터 아르바이트로 이곳저곳에 글을 썼고 아내보다 먼저 프리랜서를 시작한 것이 이유였지만, 어쨌거나 똑같은 글 노동자로 살면서도 나는 유독 단 한 번도 작업실을 갖지 않은 적이 없었다.

반면 아내는 그러지 못했다. 아이를 낳고 1년 뒤 큰 병치레를 겪은 아내는 결국 직장에 복귀하는 대신 프리랜서를 시작했다. 하지만 내가 이미 안방을 제외하고 남은 방 한 칸을 차지하고 있는 탓에 주로 부엌 식탁에서 원고 작업을 했다. 아내의 첫 번째 책은 서울의 아파트 부엌에서 탄생했다. 두 번째, 세 번째 책도 가평의 거실에서 만들어졌다. 미안한 마음이 없는 것은 아니었지만 그뿐이었다. 아내는 항상 괜찮다고 했고 나도 그런가 보다 했다. 사실 그때마다 마음속에서는 수시로 '합리화' 공장이 가동했다. 아내는 노트북을 쓰므로 어디에서든 일할 수 있지만 나는 데스크톱을 쓰므로 이동이 불편하다, 아내는 가끔 일하지만 나는 항상 일한다(내가 일도 많이 하고 돈도 많이 번다), 무엇보다 남자에게는 동굴이 필요하므로 동굴에 들어가야 할 긴급 상황을 위해서라도 내가 작업실을 갖는 게 맞다, 고 말이다.

《화성에서 온 여자 금성에서 온 남자》가 아니더라도 많은 책들이 과학의 이름으로 남녀를 갈라놓기를 즐긴다. 과학의 허울을 쓴 성 차이에 대한 이론이 얼마나 허무맹랑하고 편협한지를 조목조목 따진 책《나는 과학이 말하는 성차별이 불편합니다》에서는 과학이라는 이름의 가부장적 편견을 다음과 같이 정리한 바 있다.

> "남자는 공격적이고 여성은 보살핀다. 남성은 독립적이고 여성은 관계 중심적이다. 남성은 공간을 갈구하고 여성은 친밀함을 갈구한다. 남성은 생산하고 여성은 생식한다. 남성은 재미를 보려 하고 여성은 애정 표현을 좋아한다. 남성은 전봇대와도 섹스하려는 반면 여성은 조신하고 성욕이 별로 없다. 남성은 여성의 젊음, 아름다움, 연약함에 끌리지만, 여성은 남성의 권력, 지위, 돈에 끌린다. 남성은 유전자에 바람기가 새겨져 있고, 여성은 정절이 새겨져 있다. 남성은 포르노에 흥분하지만 여성은 미세한 설렘에 흥분하기 때문에 긴 구애-꽃, 대화, 비싼 저녁, 멋진 이벤트-가 필요하다."

나는 이런 얘기들을 읽고 들을 때마다 술자리에서 좋은

안주처럼 꺼내며 화제를 주도하곤 했다. 실제로 읽어보면 정말 그런 것 같기도 했으니까.

하지만 이러한 내용들은 잠시만 생각해봐도 얼마나 비과학적인지 알 수 있다. 먼저 남성과 여성을 서로 다른 종에 적대적 혹은 좋게 말해 상대적 개념으로 파악하는 자체가 전혀 과학적이지 않다. 인간의 특성이라는 것은 남성과 여성의 이분법으로는 설명하기 힘든 복잡한 요인들의 총합이기 때문이다. 연애를 기본적으로 "자손 번식을 위한 짝짓기의 과정"으로 보는 이론도 허술하기는 마찬가지이다. 연애나 섹스 모두 단순히 생식과는 무관한, 보다 복잡한 유희이자 감정의 교류이기 때문이다.

그 내용들이 실제로는 과학의 탈을 뒤집어쓴 형편없는 주장이라는 사실을 깨달은 뒤에도 나는 여전히 '동굴 이론'을 지지하며 공감한다. 경험상 확실히 남자에게는 혼자만을 위한 동굴이 필요한 것 같기 때문이다. 다만 잊지 말아야 할 것이 있다. 남자에게 '동굴'이 필요하듯 여자에게도 비슷한 공간과 시간이 필요하다는 사실이다. 나는 그 공간을 '자기만의 방' 대신 그저 소박하게 '19호실'이라고 명명하고 싶다.

'19호실'은 영국 출신의 소설가로 노벨문학상 수상자이기도 한 도리스 레싱이 1960년대에 쓴 단편소설 〈19호실로 가다〉에 나오는 공간이다. 결혼을 통해 평범한 중산층 가정의 전업 주부로 살던 한 여자가 서서히 자신의 정체성을 잃은 뒤, '자기만의 공간'을 찾기 위해 매일 낮에 찾아가는 시내에 있는 낡은 호텔의 방 호수이다. 주인공은 조금씩 자신을 회복하지만 아내가 혼자만의 공간을 필요로 한다는 사실을 이해하지 못하는 남편에 의해 '19호실'이 노출되면서 결국 파국으로 치닫는다.

이 소설을 읽으며 내내 《화성에서 온 여자 금성에서 온 남자》를 떠올렸다. 하나는 소설, 다른 하나는 심리학에 기반을 둔 에세이이고, 하나는 소설가, 다른 하나는 과학자(심리학자)가 쓴 책이지만, 오히려 소설이 훨씬 논리적이고 현실적이라고 생각했다. 가부장제에서 여성이 겪게 되는 억압과 혼란, 자아의 상실은 동서고금을 막론하며, 가정의 평화를 위해 더 희생하고 더 감내하고 더 타협하는 이는 대부분 여자다. 반면 그 구조의 수혜자는 역시 따로 있다. 늘 스트레스를 호소하고 과로를 걱정하고 생각을 정리하기 위해, 그리고 사실은 이와 무관하게 혼자 편하고자 자기만의 공간과 혼자만의 시간을 빈번히 추구하는 이들은. 그리고 그 공간과 시간을 획득한 다음에는 왜 다른 사람의 상황과 입장에 대해서는 공감과 이해가 부족해지고 마는지.

자신만의 공간이 필요한 건 남녀노소를 불문한다. 당신에게 그러하듯 나에게도, 그러니까 우리 모두에게 자신만의 공간은 귀하고 소중하다. 내게 동굴이 필요할 때, 누군가에게는 19호실이 필요하다. 그렇지 않으면 화성과 금성의 우주전쟁은 불가피하다.

"호텔 방은 평범한 익명의 장소였다. 수전이 원하는 바로 그런 곳. (…) 더러운 창문을 등진 더러운 안락의자에 앉아 눈을 감았다. 그녀는 혼자였다. 그녀는 혼자였다. 그녀는 혼자였다. 자신을 짓누르던 압박이 사라지는 것이 느껴졌다."

"이 방에서 수전이 뭘 했을까? 아무것도 하지 않았다. 충분

히 쉬고 나면 의자에서 일어나 창가로 가서 양팔을 쭉 뻗고
미소를 지으며 밖을 내다보았다. 익명의 존재가 된 이 순간
이 귀중했다."

– 도리스 레싱, 〈19호실로 가다〉 중에서

우리의
세상

　　　　지인과 미팅 후 그가 관계된 예술가 집단의
술자리에 낀 적이 있다. 모임 인원은 대략 여섯 명 정도. 나
와 지인만 중년 남성이고 나머지는 30대 초반이었다. 여
성은 한 명이었는데, 작가였는지 배우였는지 기억나지 않
는다.

　막걸리를 사이에 두고 영화 얘기, 음악 얘기, 책 얘기를
한창 주고받다가 젊은 남자 한 명이 지인에게 이런 질문을
던졌다.

　"선생님은 결혼해서 아이도 있고 잘 살고 계시잖아요.

그런데 어느 날 운명적인 사랑을 만나면 어떻게 하실 거예요? 가정을 지키실 겁니까, 운명을 따를 겁니까?"

지인은 어려운 질문이라며 깊이 고민하다가 아이를 위해 가정을 지키는 쪽을 택할 수밖에 없다고 말했다. 반면 젊은이들은 이렇게 저렇게 생각이 갈렸고, 서로 주거니 받거니 하며 제법 심각하게 논쟁을 이어나갔다. 그러다가 누군가 유령처럼 앉아 있던 내 의견을 구했다. 당신도 기혼이라니 어떤 선택을 할지 자못 궁금하다는 표정으로. 나는 고민 없이 답했다.

"일단 상대 의견부터 들어봐야 할 것 같아요. 저에게는 상대가 운명적인 사랑인데, 상대한테는 제가 그렇지 않으면 어쩌죠?"

우선 나는 운명적인 사랑을 믿지 않으며, 일어나지도 않을 일을 술김에 너무 진지하게 이야기하는 게 마뜩치 않아 한 번 웃기고 넘어갈 요량이었다. 제법 재치 있는 말이라고 생각했는데 다른 사람들은 별로 웃지 않았고 여성 일행만 박장대소했을 뿐이다.

시민운동가 출신의 서울시장이 세상을 떠난 금요일 새

벽부터 주말 내내 생각날 때마다 아내와 대화를 나누다가 문득 그때 일이 떠올랐다. 별의별 상황을 추측하며 이런저런 이야기를 이어나가다가, 아내는 많은 남성들이 여성에게 수치심과 불쾌감을 주는 행위에 대해 '순정'이라고 착각하고 억울해하는 것을 답답해했다. 여러 측면에서 약자일 수밖에 없는 여성은 상황이 어긋나지 않기를 바라며 좋게 거절하려고 하는데 남자들은 그 신호를 모르고 선을 넘는다면서 말이다. 나를 포함해 남성에게 훨씬 비판적이었던 나는 매우 좋은 지적이라고 생각했다. 선량한 많은 남성들이 억울해하고 납득 못하는 지점 가운데 하나가 여기에 있을 것이라고.

별것 아니었던 지난 일이 마치 상징적 사건처럼 떠오른 이유였다. 아무리 내게 상대가 '운명적 사랑'일지라도, 그래서 나를 피력하고 고백하는 일련의 행위와 과정이 '순정'일지라도, 상대가 원치 않는데 마냥 들이대는 건 의도치 않게 폭력이 될 수 있다. 그 행위와 과정이 반복될수록 더욱 그러하다. 그런 일을 할 사람이 있고 절대 그럴 리 없는 사람이 따로 있는 게 아니다. 가부장제 속에서 남성 중심의 사고방식이 낳는 일상의 폭력은 대부분 그렇게 시작된다.

며칠 후에는 한국서점조합연합회가 지원하는 심야책방 행사가 있었다. 코로나 탓에 일정이 밀려 2주에 한 번 이벤트를 여는 게 쉽지 않았다. 그 와중에 우리 동네 대학생들의 독서 토론회를 진행해보면 어떨까 싶었다. 오픈 당시부터 교복을 입고 책방을 드나들던, 대학생이 된 지금도 자주 놀러오는 단골 여학생에게 친구들과 진행해보겠느냐고 제안했다. 평소 여성주의에 관심이 많아 책방에 올 때마다 책을 추천해주고 또 좋은 책을 소개받기도 한 학생이었다. 그는 내 제안을 선뜻 승낙해주었다. 과연 학생은 '버지니아 울프의《자기만의 방》낭독 및 토론회'로 주제를 정했다. 직접 친구들을 모으고 포스터까지 만들 정도로 프로그램 준비에 열의를 보였다.

이른 저녁부터 책방에 모인 학생 몇 명은 역시 그들이 고등학생이었을 때부터 아는 얼굴이었다. 모두 여학생인 게 조금 아쉬웠지만 어쩔 수 없는 노릇이었다.

사실 나는 사진만 몇 장 남기고 영수증만 잘 챙기면 그만이었는데 학생들의 토론은 예상과 달리 늦은 밤까지 이어졌다. 그들은 우리가 선물한 《자기만의 방》의 주요 부분을 돌아가며 낭독하고 100년 전 쓰인 책에 대한 깊은 공감을 나눴다.

학생들의 이야기에 불이 붙은 건 책에 대한 공감을 지나 "앞으로 여성의 미래는 바뀔 수 있을까?"라는 주제로 넘어가서부터였다. 학생들은 자연스럽게 N번방, 손정우, 그리고 최근 세상을 떠난 서울시장 사건 등을 화제 삼았다. 그리고 어느 순간 자신들의 경험담을 토로하기 시작했다. 자신 또는 주위의 친구들이 겪은 데이트 폭력에 대한 억울함과 공포는 도시괴담처럼 느껴지기까지 했다. 학교 근처 자취집 아래층에서 밤늦게까지 심한 욕설과 물건 부서지는 소리가 들려 갈등하다가 그냥 넘어갔는데, 다음 날 아침 집 문 앞에 "다음에도 비슷한 소란을 듣게 되면 제발 신고해 주세요."라고 적힌 포스트잇이 붙어 있는 것을 발견했다고 했다. 헤어진 남자친구에게 시달리는 친구를 도와 함께 경찰서에 갔는데, 누가 누굴 조사하는 건지 하도 어이가 없어서 분통이 터졌다는 말도 있었다. 그에 비하면 애교에 불과하다고 깔깔거리기까지 한, 남자 교수와 선배들의 일상적인 성차별과 성희롱 등의 사례도 끊이지 않고 쏟아졌다. 학생들은 서로의 이야기에 격하게 공감하고, 함께 욕하면서 시간 가는 줄 모르고 대화를 이어나갔다.

이야기를 듣는 내내 답답하고 안타까웠다. 스물두 살 여학생들이 겪은 위협과 차별과 부당과 불편이 이 정도일진대, 여성이라는 정체성으로 평생을 세상과 싸워내는 게 얼마나 힘겨운 일인지 가늠되지 않았다. 부끄럽고 미안했다.

요즘 가끔씩 이제 대한민국도 선진국이라는 얘기를 듣곤 한다. 전혀 동의할 수 없다. 백인이 살기 좋은 나라가 흑인이 살기 좋은 나라를 뜻하지 않듯, 남성이 살기 좋은 나라가 결코 여성이 살기 좋은 나라가 아닌 까닭이다. 여성학 연구자 정희진 선생의 어느 책에서 배운 말이다.

그날따라 집으로 돌아가는 길은 유난히 어두웠다. 심야라서 그런 모양이었고 나는 뜬금없이 때아니게 어서 날이 밝아졌으면 좋겠다고 생각했다.

완벽히 비건이
되지 못하는 이유

어쩔 수 없이 여러 일을 하지만 내 주된 직업은 사사 작가다. ㅇㅇ기업 10년사, △△ 연합회 20년사, ◇◇ 연구원 30년사 등 기업이나 기관은 10년 단위로 발전상을 기록으로 남기는데, 그걸 의뢰받아 쓰는 게 일이다. 한때는 2년에 한 권만 맡아도 먹고사는 데 전혀 지장이 없었다는 전설이 전해지지만, 그건 호랑이 담배 피우던 시절 얘기. 내가 이 일을 시작했을 때는 이미 1년에 세 권은 써야 남에게 아쉬운 소리 하지 않고 생활할 수 있을 정도로 사이즈가 줄어 있었다. 하지만 작업 기간이 짧게는 6개월

길면 1년 남짓이라 딴 일을 겸하지 않고는 생활 유지에 답이 나오지 않았다.

일에 착수하면 한두 달 내로 그간의 연차 보고서, 보도자료, 사보, 뉴스레터, 대표이사 인사말, 통계연감 등을 모조리 읽고 주요 부서별로 인터뷰까지 마친 다음 어떻게 구성할지 목차를 정한다. 이후 자료를 보강하거나 인터뷰를 추가하며 원고를 쓰는 일이 몇 달. 작성된 원고를 수정하고 감수 과정까지 피드백을 마치면 내 작업은 끝을 맺는다.

규모 있게 미리미리 차근차근 진행하면 좋으련만, 게으름과 부족한 능력 탓에 매번 일을 몰아치기로 급하게 하는 편이다. 원고 마감이 특히 그렇다. 적게는 A4 용지 100여 장, 많게는 300여 장을 써야 하는 방대한 작업이 마감 일주일 전, 보름 전, 한 달 전에 이르러서야 본격적으로 시작된다. 언제 글이 가장 잘 써지나요? 목에 칼이 들어왔을 때요. 언제 가장 능률이 높아지나요? 똥줄 탈 때요. 늘 이런 식이다. 그래서 막바지에 이르면 옴짝달싹 못 한 채 컴퓨터 앞에 붙잡혀 몇 날 며칠을 보내곤 한다.

고기를 먹지 않게 된 후 동물주의나 채식주의, 환경주의에 관한 책들을 펼치기까지 제법 긴 시간이 걸렸다. 이유는 크게 두 가지였다. 우선 내가 고기를 먹지 않게 된 계기가 그리 거창한 사명에서 비롯된 것이 아니었기에 큰 담론을 이해하고자 하는 필요성을 느끼지 못했다. 다른 한 가지는 고기를 먹지 않지만 유제품이나 생선은 여전히 먹기 때문에 내가 그런 걸 이해할 자격이 없다고 생각했다. 이제 내 식습관에 대해 남들이 '채식주의자'라고 칭할 때 더 이상 토를 달지 않지만, 그리고 가끔은 나 스스로를 채식'주의'자로 소개하거나 이해하지만, 제법 긴 기간 동안 "채식주의자는 아니고 그냥 고기를 안 먹을 뿐"이라고 꼭 정정하곤 했다. 예민해서가 아니라 '진짜' 채식주의자들에게 미안한 마음이 들어서였다.

고기를 먹지 않아야겠다고 결심했을 때 어느 선까지 끊어야 하는지 고민이 있었다. 우선 언제까지 실천할 수 있을지에 대한 확신이 없었다. 최대한 가능 범위를 정해야 결심을 유지할 수 있으리라고 생각했다. 나를 위해 따로 음식을 준비해야 하는 수고는 둘째 치고 식구들의 정서적 불편을 최소화하는 것도 중요한 기준이었다. 개인의 선택 문제이기에 나의 '금육'은 식구들과는 무관한 일이었다. 아내와 딸은 내 결심을 존중해주었지만 대신 함께 음식을 나누는 즐거움만큼은 침해받지 않기를 바랐다. 어쨌거나 그래서 고기만 먹지 않는 것, 공식적인 용어로 '페스코' 채식을 선택하게 된 것이다.

사실 고기를 먹지 않기로 결심하고 실천하면서 한동안 이게 어디인가 싶었다. 사방에 산재한 갖은 유혹을 뿌리치는 내가 마냥 대견하기만 했다. 고기를 먹지 않는 것만으로도 스스로가 무해한 사람처럼 느껴지기도 했다.

하지만 동물주의나 채식주의, 환경주의에 관한 책들을 지속적으로 펼치면서 마음이 조금씩 달라졌다. 이제라도 고기를 먹지 않게 된 것은 다행스러운 일이지만 유제품과 생선도 먹지 않는 게 좋지 않을까 하는 생각이 밀려오기 시작했다. 일단 더 이상 새우를 먹지 않기로 했다. 전 세계의 지나친 소비량을 감당하기 위해 숲까지 파괴하며 양식장을 만드느라 환경 문제가 심각하다는 글을 읽은 후였다.

유제품과 계란 따위는 더욱 심각한 문제를 품고 있었다. 우유나 계란을 생산하기 위해 인간이 하는 행동을 알고는 마음이 불편해졌다. 우유를 얻기 위해 암소를 강제로 임신시킨다거나 계란 생산의 도구로써 닭이 평생 하루에 서너 번씩 억지로 알을 낳아야 하는 것이 그러하다. '목초란'의 경우 풀밭에서 사는 닭이 낳은 알이라는 뜻이니 좀 나을까 싶었는데, 북유럽 책방에 유명 셰프인 박찬일 선생을 초청해 진행한 강연을 듣고 닭이 하루에 '목초'를 밟는 시간은 고작 20분 내외, 그것도 A4 용지 크기의 땅뙈기가 전부라는 내용도 알게 됐다.

책을 한 권씩 읽을 때마다 아내와 이야기를 나누며 비건에 대한 뜻을 내비쳤다. 아내는 어떤 때는 너무 몰입하지 말라고 조언해주기도 했고, 어떤 때는 '작작하라'고 농담을 건네기도 했다. 부담스러운 모양이었고 충분히 이해했다.

2019년은 대전에 본사를 둔 금융기관의 60년사를 쓰며 거의 1년을 보냈다. 그동안 대부분의 일이 사무적으로 필요한 자료만 주고받거나 일정만 조율하며 진행됐던 것과 달리, 모처럼 담당 부서와 긴밀하게 소통하고 함께 고민하며 좋은 결과물을 만들기 위해 많은 공을 들였다.

작업을 위해 8개월 가까이 일주일에 한두 번씩 대전을

오갔다. 담당 부서 직원들은 멀리서 온 대행사 사람들을 언제나 반갑게 그리고 성심껏 맞아주었다. 점심식사를 함께 하는 것은 물론이고 때로는 일을 마치고 가벼운 술자리를 갖기도 했다. 평소 외식을 전혀 하지 않는 나로서는 매우 이례적인 시간이었다.

그때마다 내 식습관이 작은 걸림돌이 되었다. 홍보 부서의 '메뉴 담당' 막내 직원은 점심식사 직전 식당을 예약할 때마다 내 메뉴를 따로 확인해주었다. 신경 쓰지 말라고, 알아서 골라 먹겠다고 해도 번번이 수고를 잊지 않았다. 괜한 유난을 떠는 것 같아서 매번 불편을 끼치는 게 송구했다. 고작 고기만 먹지 않는데도 메뉴를 고르기 힘든 식당이 너무 많다는 것도 예전에는 미처 생각지 못했던 부분이었다.

때로는 1박2일 일정으로 출장을 가기도 했는데 그러면 무려 세끼나 바깥 음식을 먹었다. 역시나 나를 배려해 점심식사에는 생선구이 집을, 저녁식사는 술도 한잔 할 겸 해산물 식당을, 다음 날 점심식사는 황태해장국 집을 드나들었다. 워낙 식욕이 강해 감사히 잘 먹었지만 어느 날 문득 식습관이 또 다른 한쪽으로 치우친 건 아닌가 하는 걱정이 들었다. 고기를 먹지 않는다는 핑계로 어패류를 지나치게 소비하는 건 아닌가 하는. 아닌 게 아니라 집에서도 생선 요리를 해 먹는 횟수가 확실히 더 늘어나 있었으니까. 고기 대신 맛있는 음식을 찾은 이유도 있었고, 식구들도 함께 즐길 수 있는 음식이 필요한 이유도 있었다. 어류 역시 지나친 남획으로 생태계를 포함한 환경 파괴가 심하다는데, 거기에 일조하고 있다면 내가 이러려고 고기를 안 먹었나 하는 자괴감이 들었다. 식습관에 대한 고민이 다시 시작된 순간이었다.

비건이 되는 건 쉽지 않은 일이다. 몇 차례의 결심은 모두 실패로 돌아갔다. 여러 문제들이 발목을 잡았다. 무엇보다 의지가 확고하지 못한 것이 결정적인 이유였다. 그런데 의지 이외의 부차적인 이유들은 내 마음을 조금 슬프게 만들었다. 우선 고기 이외에도 동물성 재료가 첨가된 음식이 생각보다 너무 많아 엄격히 구분하면 기성 식품은 거의 먹을 게 없다. 결국 내가 모든 음식을 직접 만들어 먹든가 비건 제품을 따로 구입해야 했다. 문제는 내게 그만한 경제적·시간적·정신적 여유가 없다는 것이다. 나를 위한 음식을 김치부터 따로 마련하기 위해 가사 노동 시간을 더 늘리자니 '먹고사니즘'이 턱에 걸렸다. 지금도 식구들이 고기가 들어가는 음식을 원하면 내 것만 미리 빼두고 고기를 첨가하든지 반찬 가짓수를 늘리느라 수고가 더 필요한데 동물성과 식물성을 다시 구분한다는 게 늘 똥줄을 태우며 사는 내게 감당되지 않았다. 그렇다고 나를 위한 비건 제품을 따로 구입하기에는 주머니 사정이 허락지 않았다. 식구들이 같이 하면 가능성이 높아지겠지만 내겐 동참하라고 할 권리나 자격은 없었다. 결국 내가 비건이 되기 위해서는 가사 노동을 넉넉하게 할 수 있거나 비건 제품을 거리낌 없이 구입할 수 있을 만큼의 여유와 능력을 먼저 갖춰야 했다. 아니다. 그와 함께 식구들로부터 충분한 공감과 양해를 얻어야 했다. 식구들과 함께 음식을 나누는 즐거움도 내겐 너무나 중요하므로.

아무나 비건이 될 수 없다는 걸 깨달은 것은 앞서 언급한 금융기관의 60년사 원고 마감을 할 때였다. 새해부터는 유제품도 생선도 끊어볼까 생각했지만 연말과 1월의 절반을 꼬박 원고 마감에 쏟아 부우면서 막연한 결심이 현실적으로 불가능하다는 사실을 절감했다. 집 청소도 제대로 못 하고 볶음밥이나 샌드위치 따위를 만들거나, 시래깃국을 잔뜩 끓여 몇 끼 연속 내놓으며 식구들 끼니를 굶기지 않을 정도로만 겨우겨우 챙기는 상황에서 이것저것 따질 겨를이 없었다. 평소대로 계란을 풀고 액젓을 첨가하다가 아차, 하는 일이 다반사였다.

식구들에게 밝히지 않고 며칠 식물성 음식만 골라 먹다가 밥상을 차릴 겨를이 없어 분식을 사 온 어느 저녁이었다. 떡볶이와 튀김을 앞에 두고 평소답지 않게 갈등하며 고구마튀김만 깨작이고 있는 나를 빤히 쳐다보던 아내가 내 접시 위에 오징어튀김을 올려주었다. 아내는 이미 알고 있는 듯했다. 쓸데없는 고민하지 말고 그냥 먹어라, 하고 눈빛으로 말하고 있었다. 그렇지? 한입 베어 물며 나는 마음을 정리했다. 대신 식구들에게 불편을 주지 않는 선에서 한 달에 몇 끼는 비건 채식(오로지 식물성 재료만 사용한 채식)을, 며칠은 락토 채식(우유 같은 유제품과 가금류의 알을 허용한 채식)을, 또 며칠은 락토-오보 채식(비건 허용 품목에 유제품만 더한 채식)을 하자는 것으로 계획을 수정했다.

며칠 후 밤을 새워 1차 마감 원고를 보낸 다음 날 아침, 정신을 차린 뒤 집을 정리하고 냉장고에 있는 재료로 식구들 먹일 밑반찬들을 만들었다. 하는 김에 며칠째 내 대신 책방을 보는 아내를 따라나선 딸을 위해 간식을 만들어 가져다주었다. 잠깐 서울에 미팅을 다녀와서는 반찬 가짓수를 늘려 퇴근한 식구들과 모처럼 편하게 저녁밥을 먹었다. 식사 후에는 진작부터 아내가 이야기했던, 김장김치를 가져다준 이웃에게 보답으로 나눠줄 음식도 만들었다.

그런데 저녁 설거지를 하다가 문득 그날 하루 내가 얼마나 동물성 재료를 많이 썼는지 깨닫고는 허탈한 웃음이 나왔다. 세상에나. 오전에 만든 밑반찬 가운데 하나는 '멸치볶음'이었고, 딸에게 만들어준 간식은 고구마 '치즈'전이었으며, 저녁에 국물 대신 먹고자 준비한 것은 '계란'찜이었다. 그리고 이웃에게 주려고 만든 음식은 '연어'장이었다. 더구나 입은 마음 같지 않아서 먹는 내내 멸치볶음은 고소했고, 고구마 치즈전은 달콤했으며, 계란찜은 부드러웠다. 연어장을 담그면서는 3~4일 후 숙성된 맛을 상상하면서

설레기까지 했다.

그렇다. 아무래도 나는 완벽한 비건으로는 살지 못할 것 같다. 어쩌면 평생 고민만 하다가 죽을지도 모르겠다.

고기를
만지며

　　　　　식구들에게 가장 많이 하는 말 가운데 하나는 뭐 먹고 싶은 것 없느냐는 것이다. 살림의 대부분을 꾸리는 입장에서, 특히 주방의 '책임자'로서 입에 붙어버린 말이다.

　딸과 달리 평소 딱히 특정 메뉴에 집착하지 않던 아내는 끈질긴 내 물음에, 내가 고기를 먹지 않기 시작한 즈음부터 꼭 먹고 싶었던 메뉴가 있었다고 고백했다. 음식을 찾아 먹는 스타일도 아니고 기회도 닿지 않아 아직까지 먹지 못한 모양이었다. 메뉴는 바로 소갈비찜이었다.

고기를 먹지 않는 건 '개 딸들(나와 가족들은 우리 집 반려견 두 마리를 이렇게 부르곤 한다)'을 제외하고 세 식구 가운데 나 하나뿐이었지만 내 결심은 어느 정도 우리 집 식단에 영향을 미치고 있었다. 내가 주방 일을 도맡는 이유도 컸지만 함께 먹을 수 있는 메뉴를 고르는 일이 많았기 때문이었다. 한마디로 식탁에 고기 메뉴가 오르는 일이 그만큼 줄어들었던 것이다.

소갈비찜이라는 말을 듣는 순간 그동안 내 위주로만 생각하느라 식구들에게 너무 무심했다는 자각이 밀려왔다. 딸은 워낙 학교 급식도 잘 나오고 영양 과잉도 경계하는 차원에서 고기 반찬에 별반 신경 쓰지 않은 게 사실이다. 하지만 나 못지않게 고립된 생활을 하는 아내만큼은 알아서 챙겨야 했다. 아내는 '그렇게 좋아하던' 고기를 먹지 않겠다는 나를 배려해 고기가 생각나도 참았던 것이다.

미안했다. 지금껏 왜 참고 말하지 않았는지. 고기를 끊은 지 1년이 지나고 2년이 지나면서 나는 더 이상 고기가 당기지 않을뿐더러, 식구들의 밥상을 책임지는 입장에서 고기를 다루는 게 그렇게까지 불편할 것도 없으며, 말도 안 되는 비교이긴 하지만 평소 식성이나 양으로 따져도 내가 끊기 전 먹은 고기의 양이 아내가 평생 먹을 양을 다 합쳐도 훨씬 많았을 테니 말이다.

주말을 앞두고 일부러 차를 몰아 마트에 다녀왔다. 12시간 핏물을 빼고 2시간을 끓여 갈비찜을 완성했다. 딸은 먹는 내내 감탄사와 엄지 척을 연발했고, 아내 역시 와인을 곁들이며 천천히 기분 좋게 식사를 즐겼다. 나는 찜에 들어갈 채소를 돌려 깎고 남은 재료를 모아 내 몫의 전을 부쳐 먹으며 함께했다.

이후로 아내는 어쩌다 한 번씩은 꼭 먹고 싶은 메뉴를 주문하곤 했다. 탕수육, 돼지고기 김치찜, 닭볶음탕, 아롱사태 수육 등등. 그럴 때마다 나는 언제나 기쁜 마음으로 고기를 사 와 조리해 대령했다. 그리고 팬데믹이 시작됐다. 애초부터 고립된 생활을 한 덕분에 일상에 큰 변화가 생긴 건 아니었지만, 그렇다고 전혀 달라지지 않았다고 말할 순 없었다. 딸이 학교에 가지 않았으므로 하루 삼시 세끼를 챙겨야 했다.

고깃덩어리를 만져야 하는 일은 그렇게 조금씩 늘어났

다. 딸의 영양도 생각해야 하고, 당연히 좋아하는 반찬을 올려주어야 하고, 무료하고 단조로운 일상에 먹는 것에서라도 기운과 기분이 났으면 하는 바람도 있었다. 딸에게 개인적으로 감명 깊게 읽은 《우리는 왜 개는 사랑하고 돼지는 먹고 소는 신을까》를 추천했을 때, 이 책을 읽고 나면 고기를 못 먹게 될 것 같다고 울며 거부했을 만큼 딸은 '찐고기파'였다(나는 딸에게 사과한 후 더 이상 이 책을 권하지 않았다).

기왕이면 딸에게 조금이라도 맛있는 음식을 만들어주고 싶어 '유튜브'를 보기 시작했다. 몇 차례 고기 조리법을 검색하면서 어느 순간부터 홈페이지를 클릭하면 온통 고기가 보이는 썸네일이 화면을 도배했다. 세상에 그렇게 많은 콘텐츠가, 그렇게 많은 사람에 의해 제작되는지 몰랐다. 더 정확하게는, 그렇게 많은 사람들이 그렇게 많은 고기를 소비하는 줄 몰랐다. 여전히 고기를 먹고 있었더라면 미처 깨닫지 못할 풍경이었다.

화면을 가득 도배하고 있는 붉은 고기들을 보는 건 불편했다. 그 고기가 어떤 존재의 살이라는 사실이 아주 또렷하게 인식되었다. 하지만 내가 알지 못하는 새로운 조리법 등이 걸려 있는 문구나 먹음직스러운 이미지가 담긴 썸네일을 보면 호기심이 발동하는 것도 어쩔 수 없었다. 클릭을 하고 내용을 집중해 보다가 화면을 캡처하거나 메모를 하기도 하고, 딸에게 이런 거 해줄까? 물어보기도 했다.

　나는 고기를 먹던 시절과 비교할 수 없을 정도로, 훨씬 자주, 고기를 만지며 살고 있다. 피할 수 없는 일을 반복해야 하는 것이 가사 노동이고, 내가 가사 노동을 멈추지 않는 한, 혹은 식구들이 더 이상 고기를 원하지 않는 한, 계속 될 일이라고 생각한다. 아울러 여러 차례 밝히지만 나는 식구들에게 고기를 먹지 않는 것에 동참하라고 할 권한이나 자격을 갖고 있지 않다. 고기 소비 문제를 개인의 결정으로만 짐 지우는 건 본질적 해결책이 아니며, 개인의 결정 역시 스스로 느끼고 선택해야 할 일이기 때문이다. 나의 생각을 지키는 것도 중요하지만 상대의 취향과 가치도 존중해야 존중해야 한다.

W

에게

W는 대학 1년 후배였다. 나는 그와 단 한 번
도 대화를 나눠본 적이 없다. 더 정확하게는 그는 나의 존
재를 아예 알지 못했다. 내가 1학년 1학기만 마치고 군 복
무를 위해 휴학한 뒤 그가 입학했고, 내가 복학한 후에는
군 면제를 받은 그가 한 학년 위여서 내내 엇갈렸다. 그보
다도 다른 후배들과 달리 그가 좀처럼 선후배와 어울리지
않았던 이유가 컸다. 교양수업 한 과목을 같이 들은 적이
있지만 말을 섞지도 근처에 있어본 적도 없다. 다만 여자
동기들하고는 졸업까지 좋은 관계를 유지한 모양이었다.

하지만 그가 워낙 '유명 인사'였으므로 그와 마주칠 때마다 눈여겨보았고 심심치 않게 소식을 전해 듣곤 했다.

W는 언뜻 보면 남자라고 느껴지지 않을 만큼 체격이 가냘팠다. 얼굴을 포함해 전체적인 선도 고와서 뒤에서 보거나 옆에서 스치면 여자로 착각할 정도였다. 여자들의 쇼트커트나 단발머리에 해당하는 길이의 헤어스타일에 머리띠를 하는 경우도 많았다. 내가 그를 처음 인식한 것도 그 이유 때문이었다. 일행과 운동장을 서성이고 있을 때 그가 지나갔고, 일행 중 한 명이 나를 툭툭 친 후 그의 뒷모습을 가리켰다. "끝내주지 않냐?" 나는 고개를 끄덕거렸고, "예뻐?" 하고 물었다. "직접 가서 봐." 제법 벌어진 간격을 달려가 안 그런 척 쓰윽 돌아보며 얼굴을 확인하고 나서야 그가 남자라는 사실을 알았다. 일행은 실망한 표정으로 걸어오는 나를 재미있다는 듯 바라보았고 그중 누군가 말해주었다. 쟤가 바로, 그 유명한, 여자 같은 남자애, W라고.

가끔은 아니더라도 어쩌다 한 번씩 W는 술자리 '안주'가 되었다. 대부분이 그의 '기행'에 대한 것이었다. 그가 화장을 한다거나 지나치게 여자같이 행동한다는 얘기들이 전부였다. 군 면제 사유를 궁금해하며 별별 추측과 주장이 난무했다. 아무도 남자 화장실에서 그를 마주친 적이 없는데 이유는 그가 용변을 학교에서 그리 멀지 않은 자기 집에서만 보기 때문이라는 얘기도 나왔다. 하지만 나는 W와 화장실에서 한 번 마주친 적이 있다. 그때 그는 거울을 보며 옷매무새를 고치고 있었다. 어쨌거나 그에 대한 전반적인 반응은 크게 두 가지로 나뉘었다. 남자 망신 혼자 다 시키고 다닌다고 못마땅해하는 쪽과, 그런 그의 행동을 웃음의 대상으로 삼는 쪽. 술자리 뒷담화가 당시 학교 생활의 전부였던 나와 친구들은 후자에 가까웠다. 그에 대한 모든 이야기를 희화화했고 그때마다 우리는 배꼽을 잡고 웃었다. 그렇게 말 한 번 섞어보지 않은 W는 우리의 조롱의 대상이 되었다.

W에 대한 이야기의 하이라이트는 내 바로 위 학년이 수학여행인지 졸업여행인지를 갔을 때 일어났다. 1년 선배인 S형이 화근이었다. S형은 씩씩하면서 정도 많고, 서글서글하면서 선후배 사이의 위계를 중시하는 사람이었는데, 어쩌다 술자리에서 W 이야기가 나올 때마다 술에 취한 촉촉

한 눈빛과 구수한 사투리로 "걔는 왜 그러는 거냐?"며 W의 '기행'과 '외톨이' 생활을 안쓰러워하곤 했다.

그리고 그 여행의 어느 밤, 결국 사달이 났다. S형은 몹시 술에 취했고 갑자기 W를 찾았다. 형이랑 술도 마시고 대화도 나누면서 '좀 남자답게 놀아보자'는 게 이유였다. 그의 돌발적인 행동은 W에게 엄청난 공포를 주었고 W는 S형을 피하기 위해 혼자 숙소로 들어가 문을 걸어 잠갔다. S형 역시 포기하지 않고 문을 두드리고 문고리를 비틀며 W의 이름을 외쳤다. 같이 갔던 이들에 따르면 적어도 한 시간 가까이 대치 국면이 이어졌다. 다음 날 술이 깬 S형은 아무렇지도 않게 일정을 소화했지만 W는 여행 내내 S형을 멀리했다.

그 얘기는 한동안 우리 과의 '전설'이 되었다. 주인공은 단연 아무도 못 말리는 S형이었다. 그 얘기가 나올 때마다 S형은 "남자끼리 친해지고 싶었지, 나는 걔한테 애정이 있어" 하며 크게 웃었다. "W도 되게 지독하대. 나 같으면 그냥 눈 딱 감고 술 한잔하고 말았을 걸." 그 말을 S형이 했는지 술자리의 다른 누군가가 했는지 기억나지 않는다.

'교정 강간'이라는 단어를 알게 된 다음 오랜 세월 잊고 살았던 W가 갑자기 떠올랐다. 그 밤 S형의 돌출 행동은 W를 '남자'로 만들어보겠다는 의도였으나 S형의 마음 저 밑바닥에는 겉으로 느끼지 못한 어떤 감정이 작동했을지도 모른다. 그 감정은 사실 우리가 W에게 가진 공통적인 정서였을 것이다. 그의 행동과 생활은 남자로서 덜 각성했기 때문이라고, 언제가 됐든 남자 세계를 제대로 경험하면 정신이 번쩍 들 거라고 가벼이 그리고 함부로 넘겨짚었다.

아니 그것도 아니다. 우리는 그저 그를 혐오했다. 단지 우리가 이성애자라는 사실만으로, 무엇보다 다수라는 사실만으로 우쭐하거나 안도하거나 이도저도 아니고 아무 생각 없이 W를 다른 존재로 대했다. 누가 봐도 태어났을 때 정해진 성별과 성 정체성이 다른 그가 우리와 무관한 타자라는 의식 속에서 잘 알지도 못하는 W를 마음껏 싫어하고 얕잡아보고 무시하고 조롱했다. 술자리 안줏감으로, 희화화의 대상으로, 시답잖은 전설의 희생양으로.

그 시절 우리는 '괴물'이었다. 우리가 드러내고 품었던 혐오의 총합이 곧 우리의 수준이었다. W를 떠올릴 때마다 그 시절의 내가 부끄럽고 그에게 미안해졌다. 그리고 여전히 내가 그때의 모습으로 살고 있는 건 아닌가 싶어 뒤돌아보게 된다. 언제든 '우리'에 숨어 누군가를 나와 다른 타자로 몰아세우고 있는 건 아닌지. 삶이 우주가 되지는 못해도, 적어도 더 이상 괴물로 살고 싶지는 않다.

"야,

이 기지배야!"

"이 놈의 기지배, 적당히 좀 해. 너 때문에 진
행이 안 되잖아."

"요 기지배가? 아빠 지금 바쁜 거 안 보여?"

"야, 이 기지배야. 조용히 좀 해. 동네 창피해서 못 살겠
다구!"

첫째 강아지 하이를 부를 때 '기지배'가 입에 붙어 좀처
럼 떨어지지 않는다. 퇴근하고 집에 들어서는데 마치 10년
만에 이산가족을 상봉한 듯 집 안팎을 헤집고 다니며 과
도한 세레모니를 한 후 반갑다고 배를 깔 때, 청소하려는

데 카펫 끝에 앉아 모른 척 딴청을 피울 때, 밥상을 차리고 막 앉아 한술 뜨려는 참에 마당에 나가겠다고 방충망을 긁을 때, 귀여운 하이에게 '기지배' 소리가 절로 나온다. 아내에게 배운 말이다. 언제부터인가 아내는 암컷인 하이를 지칭할 때나 혼낼 때 장난삼아 "저 기지배는…"이나 "이놈의 기지배야!"를 자주 사용했다. 아내는 이제 더 이상 하이에게 기지배란 말을 쓰지 않지만, 그보다는 '요 년' '조 년'을 더 즐겨 쓰지만, 내게는 어느덧 하이와 기지배가 떼어낼 수 없는 콤보가 됐다.

하이는 슈나우저 계열의 혼혈견이다. 처제가 입양한 암컷 혼혈 유기견을 잠시 호텔에 맡긴 사이 그곳에 머물던 수컷 슈나우저와 배가 맞았다고 했다. 털북숭이로 집에 온 하이는 지랄 맞은 성격 외에는 어떤 면모도 슈나우저와 닮아 있지 않았지만 그건 아직 새끼여서일 뿐, 무럭무럭 다리가 길어지더니 처음 털을 깎인 날에는 제법 슈나우저의 모습이 보였다.

"엇, 하이 털 깎더니 '여자여자'해졌네?"

매끈한 단모에 반려견 미용숍에서 달아준 레이스 달린

리본으로 치장한 하이를 보고 아내와 딸은 함박웃음을 지었다.

털이 많이 빠지지 않는 대신 금세 자라는 게 하이의 특징이었다. 2개월에 한 번은 털을 깎아줘야 '역변'도 막고 눈도 가려지지 않았다. 지금은 직접 털을 깎이기 때문에 부지런만 떨면 기간을 맞추는 데 별 문제가 없지만 그 전에는 미용숍이 너무 멀고 가격도 만만치 않아서 3개월에 한 번 정도만 미용을 시켰다.

이 3개월 동안 하이는 시기별로 변신에 변신을 거듭했다. 초반에 미용숍에서는 하이가 암컷이라고 미용을 마친 후 양 볼에 핑크색 연지를 찍어주었다. 나는 아무리 봐도 품바 화장처럼 보였고 아내 역시 하이의 미모만 해치는 것 같다고 해서 더 이상 바르는 일은 없었다. 털을 바짝 깎은 하이는 갈색과 검정이 뒤섞인 털에 동그란 두상 때문인지 종종 영화에 등장하는 복역수를 연상케 했다. 축 처진 귀와 날렵한 입, 그리고 작은 얼굴 때문에 미어캣을 떠올리게도 했다.

보름이 지난 후부터 한 달 동안은 미모를 뽐내는 기간이었다. 적당히 자란 윤기나는 입 주변의 털과 긴 눈썹이 선량한 눈빛과 함께 여간 매력적이지 않았다. 문제는 그 이후부터였다. 털이 삐죽삐죽 솟으면서 어린 시절 본 중국 영화 〈서유기〉의 손오공과 비슷해지는가 싶더니, 눈썹이 처지고 수염도 덥수룩해지면서 TV만화 〈옛날 옛적에〉의 배추도사 무도사 같기도 하더니, 또 어느 순간에는 여든 살의 아버지 얼굴이 들어앉기도 했다.

하이를 '기지배'로 호명하면서 자주 하이가 암컷이라는 것을 환기했다. 그럴 때면 나도 모르게 하이에게 '여성성'을 기대하며 그와 어울리지 않는 모습에 혼란을 느끼곤 했다. 하이는 암컷인데 너무 할아버지 얼굴인 건 아닐까? 암컷인 하이가 이렇게 지랄 맞은데 수컷 슈나우저 계통을 키웠다면 얼마다 더 난리였을까? 어떻게 미용하면 하이가 더 '여자여자'해질까? 하는. 그러고는 강아지에게조차 성별 이미지를 연결시키는 내 안의 뿌리 깊은 성 고정관념에 소스라치게 놀랐다.

그러고 보면 꼭 나만 그런 건 아닌 듯했다. 하이에게 레이스 달린 리본을 달아주는 것도, 핑크색 연지를 찍어주는 것도 하이가 암컷이라는 이유로 인간이 만든 성 고정관념을 덧씌운 것이다. 하이가 예뻐 보인 건 털을 깎아 정돈되었기 때문이고 잠시나마 다소곳한 건 피곤하고 졸리기 때문일 뿐인데 그때마다 '여자여자'해졌다고 받아들이는 것도 이상하지 않은가. 그렇게 우리는 강아지에게조차 여성으로서의 적절한 수동성을 기대하고 있었던 것이다.

아내와 딸이 긴 여행을 떠나 한동안 하이 산책이 온전히 내 몫인 적이 있다. 한 시간 일찍 집을 나서 마을 이곳저곳을 돌고 책방을 열었다가 문을 닫은 후 2킬로미터 거리의 집으로 다시 걸어 돌아오기를 반복하던 어느 날이었다. 산책길 중간쯤 친구로부터 전화가 걸려와 수다를 떨며 걸음을 옮겼다. 하이가 가고 싶은 대로 끌려가다 보니 공사를 위해 다져놓은 너른 땅에 다다랐다. 하이는 멀쩡한 길이 많은데도 마치 일부러 그러는 것처럼 하필 물이 고여 있거나 진흙인 길을 골라 누비고 다녔다.

"이 기지배야! 쟤는 꼭 멀쩡한 길 나두고 저런 길만 가더라. 그래놓고는 발 닦이면 싫은 티 팍팍 내고."

하이의 가슴 줄을 당기며 친구에게 갑자기 소리 지른 이유를 해명했다. 그러자 친구도 자기네 개 역시 그런다며 호응했다.

"이상하단 말이야. 우리 개도 암컷인데 왜 그렇게 조심성이 없는지 몰라. 수컷도 아니면서 말이야."

"⋯."

하이는 그저 하이다운 것이다. 지랄 맞은 성격도, 마치 연극배우처럼 미어캣으로 손오공으로, 배추도사 무도사로, 할아버지로 얼굴 모사를 하는 것도 하이의 개성일 뿐이다.

누군가를 그 자신으로 바라보기에 앞서 여성과 남성으로 구분하려 드는 무서운 인식에서 벗어나고 싶다. 항상 노력하고 경계해야 겨우 가능해질 것 같다. 아니면 내색하지 않겠지만 머릿속으로는 평생 혼란스러워할지도 모르겠다.

너보다
자기

40대 중반에 취미로 야구를 시작하면서 자연스럽게 커뮤니티 활동도 뒤따랐다. 워낙 개인적인 성격 탓에 이전까지 대학 졸업 후 만난 이들 거의가 '일'과 관련된 사람들뿐이었다. 그마저도 사적으로 관계를 지속하는 이들은 손에 꼽을 정도였다.

야구도 그렇지만 사람을 사귀는 일 또한 새로웠다. 새롭다는 건 어색하다는 걸 의미하기도 했다. 가장 당혹스러운 것은 닥치고 '족보'부터 정리하는 분위기였다. 첫 만남부터 누구는 형이니 말을 놓겠다고 했고 누구는 동생이니 말을 놓으라고 했다. 한 마디로 이건 뭐지? 싶었다. 학교도 군대도 직장도 아니고 각자의 방식으로 수십 년씩 살아온 성인들이 관계 형성 없이 무턱대고 형 동생 한다는 게 어색하고 불편했다. 친해져서 자연스럽게 우러나오면 모를까, 한두 살 많다고 형으로 느껴진다거나, 한두 살 적은 이가 동생으로 느껴지지 않았다. 적어도 형이란 '호칭'이 아니라 '자격' 같은 거였으면 좋겠다고 생각했다. 당연히 아직 서로의 자격을 인정할 단계가 아니어서 어떻게 해야 할지 난감했다.

나는 성인이라면 나이 불문하고 서로 존댓말을 쓰는 게 가장 좋다는 쪽이다. 한 사람은 존대하고 한 사람은 하대하면서 상호 존중을 유지하는 일이 쉽지 않음을 오래도록 경험했다. 언어가 기울어지면 관계의 무게중심도 기울어진다. 위계가 결정되면서 원치 않는 무례가 범람하게 마련이다. 내가 무례를 범하는 일도 철저히 경계하면 좋겠고, 상대방의 무례를 참고 싶지도 않았다. 서로 반말을 쓰지 못할 상황이라면 상호 존대보다 더 좋은 선택이 있을까?

그런 까닭에 사회생활 초반 어쩌다 그렇게 된 한두 명의 후배를 제외하고는 일방적으로 반말하는 사람을 만들지 않았다. 동갑내기에게도 말을 높였다. 나이가 적은 상대가 친해진 후 말을 놓으라고 해도 존댓말을 썼다. 처음에는 불편했을지 몰라도 존댓말이 관계를 제약하지는 않았다. 대신 친해지면서 서로 조금씩 말이 짧아지는 건 자연스러워 좋게 느껴졌다.

내가 반말에 유난히 예민한 이유는 말을 놓으면서 자연스럽게 뒤따르는 '너'라는 호칭 때문이었다. '너'는 상대를 편하게 부르는 대명사이자 손아랫사람이나 친한 사이에 쓰는 이인칭 대명사다. 즉 상대를 격 없이 혹은 가벼이 부르는 말이다. 그러므로 '너'의 대상은 그만큼 격 없고 가벼운 상대가 된다.

내가 '너'라는 단어를 쓰지 않기로 결심한 것은 아내를 만나면서부터였다. 어느 순간 너라고 부르는 행위가 상대를 함부로 대하는 것처럼 느껴졌고, 더구나 아내를 세상의 수많은 '너' 가운데 하나로 만드는 것도 영 내키지 않았다. 그래서 자연스럽지 않더라도 아내를 칭할 때 다른 어떤 인칭대명사 대신 오직 이름만 부르기로 했다. 이 습관은 아이에게도 그대로 이어졌다. 아이와 놀 때, 타이를 때, 혼을 낼 때도 오직 이름만 불렀다. 너라는 표현을 쓰지 않는 사람에게는 '야!'라는 말도 튀어나오지 않았다.

'너'라는 인칭대명사를 없애버리면 함께하는 시간 동안 상대의 이름을 부르는 횟수는 그만큼 늘어날 수밖에 없다. 그러다 보면 자연스럽게 상대가 평범한 '너'가 아니라 특별한 '누구'라는 사실을 상기하게 될 때도 있다. 그게 아니더라도 이름을 부르는 것이 훨씬 친근하고 정감이 넘치게 느껴졌다.

언젠가 신혼의 한 후배는 "와이프를 너라고 부르지 않으려니까 쉽지 않더라"고 했다. 간편하고 짧기까지 한 '너' 대신 사사건건 이름을 부르는 것은 에너지 절약 차원에서도 문제라면서. 좋은 지적이라고 생각했다. 신경이 쓰인다는 것, 공을 들여야 한다는 것, 성의가 필요하다는 것은 얼마나 아름다운 일인가. 익숙할수록 무심해지는 마음을 호칭만으로 경계하는 일은 얼마나 효율적인가. 그런 마음 씀이 상대를 배려하고 존중하는 시작이 아닐까?

사회인 야구단에서 적응하는 시간이 쌓이고 동료들과

가까워지면서 족보도 호칭도 자연스럽게 정리가 되었다. 경험하지 못해 불편하고 어색했을 뿐, 확실히 형 동생으로 관계를 설정하니 다가서거나 받아들이기도 편하고 그래서 금세 가까워질 수 있었다. 동갑 친구들하고는 "야" "너" 하며 격 없이 지낼 수 있었다.

하지만 나보다 어린 상대에게는 말을 놓는 데는 조금 긴 시간이 걸렸다. 좀처럼 입이 떨어지지 않았던 이유다. 동생들에게 말을 놓게 된 이후에도 'ㅇㅇ야/아'를 붙이지 않은 채 아내에게 하듯 이름만 불렀다. 당연히 '너'라는 이인칭 대명사도 쓰지 않았다.

그리고 언제부터인가 아내로부터 '너'를 대신할 수 있는 '자기'라는 좋은 이인칭 대명사가 있다는 사실을 배우고 나서는 지금까지 주구장창 '자기'만 찾는다. 이 또한 에너지가 절약되기 때문이다.

성공이란
무엇일까

형이 이혼 의사를 밝힌 건 결혼한 지 1년도 되지 않아서였다. 결혼 후 도통 얼굴을 내비치지 않아 그저 잘 살고 있겠거니 했다가 날벼락 같은 소식을 들었다. 무연했던 집안 분위기가 초상집으로 바뀌는 데는 불과 몇 시간도 걸리지 않았다. 아버지는 당황한 기색이 역력했고 엄마는 몸져눕다시피 했다. 속 시원히 얘기해주면 좋으련만 형은 말만 빙빙 돌리다가 술에 취한 채 집으로 돌아갔다. 형수가 짐을 싸 친정으로 간 지 한참이나 지났다고 했다.

부모님 등쌀에 못 이겨 며칠 후 형수와 사돈 식구들을

만났다. 나를 보낸 건 설득이라도 해보라는 뜻이었을 텐데, 이미 마음이 떠난 상태에서 내 얘기가 씨알이 먹힐 리 없었다. 아니 나는 어떤 영향력을 행사할 권한도 자격도 능력도 없었다. 그저 그쪽 얘기를 듣고 부모님께 전달하는 역할만 성실히 수행했다.

그렇게 형은 이혼했다. 이후 무슨 일이 있을 때마다 어색한 상황이 연출됐다. 아버지가 형의 이혼을 쉬쉬한 것이다. 큰 애는 바빠서…. 아버지는 친척들을 만난 자리에서 일부러 묻지도 않은 형의 근황을 얘기하곤 했다. 아버지에 따르면 형은 갑자기 늘어난 회사 일로 바빴고, 명절 당일에는 하필 꼭 당직이 걸렸다. 형의 직장은 당직이라곤 전혀 필요치 않은 공기업이었다.

형이 한동안 이런저런 집안 행사에 발길을 끊었으므로 아버지의 계획은 나름 수월하게 먹히는 듯했다. 하지만 형도 동행하기 시작하면서 가족은 더 자주 민망한 상황들에 맞닥뜨렸다. 형의 신변을 미루어 짐작한 사람들은 대체로 언급을 자제했지만 가끔 눈치 없는 이들이 형수에 대해 묻곤 했다. 그때마다 우리 가족은 얼굴이 붉어진 채 화제를 다른 곳으로 돌리느라 진땀을 뺐다. 처음부터 이혼 사실을 밝혔으면 끝났을 일이었다. 그런데 우리는 왜 그렇게 괜한 억지를 부리고 있었을까.

형의 두 번째 결혼은 엄마와 아버지의 조급증 속에서 이뤄졌다. 형이 새로운 사람을 만났을 때 엄마와 아버지는 두 사람을 결혼시키기 위해 온 정성을 다했다. 형이 다시 결혼해 가정을 꾸려야 번듯하게 살 수 있으리라는 기대 때문이었다. 거기에 몇몇을 빼고는 이혼 사실을 모르니 다시 결혼시켜 '정상'으로 되돌려놓자는 의도도 작용했을 것이었다. 엄마 아버지의 노력은 엄청난 화학작용을 불러 일으켜 형의 결혼은 순식간에 이뤄졌다. 형이 갑자기 실직하게 되었을 때도 엄마 아버지는 구원투수를 자처했다. 형의 애정 관계에 문제가 있을 때는 내가 호출당하기도 했다. 엄마 아버지는 다른 어떤 상황도 고려하지 않고 오직 형의 결혼이 어긋나지 않기만을 늘 노심초사했다.

결혼식은 신랑 측은 허전하고 신부 측 하객만 잔뜩 있는 어색한 결혼식이었다. 그후 형이 잠시나마 다른 사람들 앞에 결혼 생활을 드러내 보일 수 있던 건 엄마 아버지에게 다행한 일이었다. 심지어 이런 일도 있었다. 어느 날 큰 아버지가 며느리들도 족보에 올리겠으니 이름을 알려달라고 했다. 아버지는 형의 이혼한 전처 이름을 알려줬다. 나는 나를 향해 어쩔 수 없지 않느냐는 표정을 짓는 아버지를 도무지 이해할 수 없었다.

형의 두 번째 결혼도 순탄치 않았다. 결국 7년 후 다시 이혼했을 때 형은 이전보다 훨씬 피폐하고 무기력했으며 남은 것은 잔뜩 쌓인 엄마의 빚뿐이었다. 그 기간 내내 직업이 마땅치 않았던 형은 생활 대부분을 엄마에게 의지했다. 엄마는 생활고에 지쳐가면서도 오직 형이 결혼 생활을 잘 유지하기만을 바랐다. 하지만 그 꿈은 이뤄지지 않았다.

나는 형을 좋아하지 않았다. 어려서는 장남이라는 이유로 과도한 지원과 기대를 받는 것이, 커서는 무책임해 보이는 생활 방식이 못마땅했다. 무엇보다 엄마의 짐이 되는 것이 너무나 싫었다. 책임지지 않는 사람. 내게 형은 그런 존재였다. 그 생각은 형이 갑작스럽게 세상을 떠나고 몇 년이 지날 때까지 변하지 않았다.

뒤늦게 여성주의 책들을 뒤적이다가 지금까지 절대적으

로 믿고 있던 가치들이 실은 가부장제의 통념에 불과하다는 사실이 충격적으로 이해되기 시작했다. 그 가운데 하나가 결혼이란 그저 제도일 뿐이라는 것이었다. 나는 이전까지 너무 의심 없이 결혼을 통과의례로 받아들였다. 동서고금을 막론한 진리라고 말이다. 적당한 시기가 지나면 결혼을 하고, 아이를 낳고 그럭저럭, 옹기종기, 알콩달콩, 대충대충 살아야 한다고 생각했다. 그런 만큼 비혼과 이혼에는 지나치게 부정적인 인식을 갖고 있었다. 나이를 먹고도 결혼하지 않는 사람, 이혼하는 사람은 '하자'가 있는 사람, 어딘가 부족한 사람, 이상한 사람, 흠결을 가진 사람이라고 생각했다.

은희경 작가는 소설《마지막 춤은 나와 함께》에서 성공하려고 결혼하는 것이 아닌데 왜 이혼을 결혼에 '실패'했다고 표현하는지 의문을 표한 바 있다. 전적으로 공감하는 말이다. 결혼이 성공이 아니듯 이혼 또한 실패가 아니다. 그건 오직 삶의 방식과 선택의 문제일 뿐. 그런데 나는 왜 그걸 사람을 판단하는 중요한 기준으로 삼고 있었을까.

형에 대한 생각도 조금씩 수정되었다. 형은 늘 집안의 문제적 인물이었지만 누구보다도 형 스스로 그걸 원하지 않았다는 걸 나는 전혀 인정하지 않았다. 다르게 살아도 된다고, '실패'해도 된다고 한 번도 위로하거나 응원하지 않았다. 그런 상황 속에서 가장 힘들고 고통스러운 사람이 형이었다는 사실을 한순간도 짐작하지 못했다. 첫 이혼 후 부모님이 숨기려 했을 때 나는 왜 가만히 지켜보며 동의했을까. 정작 나부터 문제였다. 나 역시 그걸 허물로 생각했으니까.

나를 포함해 가족 누구도 감지하지 못했지만 어쩌면 형은 아픈 사람이었을지도 모른다는 생각이 뒤늦게 들기도 했다. 조울증에 시달리는 주인공과 가족의 고통을 그린 소설 《내가 없다면》을 읽었을 때, 어쩌면 상황이 이렇게 비슷할 수 있는지 당혹스러웠던 기억이 난다. 주인공이 고통을 이기지 못하고 스스로 생을 마감하는 장면에서는 지나치게 감정이 몰입돼 한참 동안 눈물을 멈추지 못했다.

어쩌면 형 또한 자신을 견디는 일이 버거웠던 건 아니었을까. 그런 까닭에 결혼이 감당할 수 없는 부담이었을지도, 그러나 부정확한 인식과 부족한 용기로 어쩌지 못했는지도, 그래서 사는 내내 짓눌리고 고통받았는지도 모른다는 생각이 들었다.

돌아보니 형과 제대로 속마음을 터놓고 이야기를 나눈 적이 없었다. 언제부터인가 형은 내가 얘기하자고 할 때마다 회피했다. 나는 형이 동생에게 약한 속마음을 들켜 자존심 상하는 걸 못 견뎌하는 까닭이라고 생각했다. 그런데 지금에 와서 보니 그게 아닌 것 같다. 형은 내가 자신을 온전한 시선으로 바라보지 않는다는 사실을, 진작부터 자신을 '실패자'로 낙인찍고 있다는 사실을 눈치 챈 것인지도 모르겠다.

형은 좀처럼 웃지 않는 사람이었다. 그래서 형을 생각하면 언제나 짜증과 주눅과 긴장이 깊이 새겨져 있던 무표정한 얼굴만 떠오른다. 그 얼굴이 떠오를 때마다 허망하게 떠난 형에 대한 미움이 다시 차오르기도 하고 한편으로 심한 죄책감에 짓눌리기도 한다.

가급적 형을 잊고 살고자 애쓴다. 하지만 나도 모르게 자꾸 떠오르는 걸 어쩌지 못한다. 아주 가끔은 형이 보고 싶어지기도 한다.

의심하고 상상하자

엄마는 내가 기억할 때부터 두 아들이 부엌에 드나들게 놔두지 않았다. 밥하고 먹이고 치우는 것이 전적으로 엄마의 일이었다. 당시만 해도 남자가 부엌에 드나들면 '고추 떨어진다'는 말을 남녀 모두가 자연스럽게 농담으로 던지던 시절이었다. 나에 앞서 아버지는 이런 시대와 문화의 최대 '수혜자'였다. 아버지는 엄마가 돌아가신지 수년이 지났음에도 여전히 전기밥솥 버튼조차 누를 줄모르고 평생을 살고 계신다.

나는 이런 가정에서 나고 자랐다. 경제적인 문제로 부모님이 가끔 심하게 말다툼을 했다는 것과 아버지가 자주 술에 취했다는 점만 빼고는 별 다를 게 없는 가정이었다. 우리가 단연 앞서 나가긴 했지만 경중의 차이는 있을지언정 그건 다른 집들도 마찬가지여서 우리 집만 유독 이상하다고 여길 만한 특징은 아니었다. 그때는, 아니 적어도 내가 살던 동네는 그랬다. 오히려 아버지가 자상하다거나 엄마가 자신의 권리를 조금이라도 주장하는 집이 있다면 다들 특이하다고 고개를 갸우뚱거리거나 혀를 찼다.

지금 돌이켜 보면 나는 상상력이 너무 부족한 가정에서 자랐다. 아버지는 이성애 가정에서 남자의 역할이 오직 바깥일이라고만 생각했고, 실제로 식구들을 포함한 모든 집안일에는 아예 무관심한 것이 '남자답다'고 여겼다. 그러면서도 집안이 잘 굴러가길 바랐는데, 세상에 저절로 되는 일은 없다. 이후 지구상의 모든 수컷 생명체가 그러하듯 나이가 들수록 연약하고 의존적이 되면서 가정에 집착을 보이기 시작했지만 그건 버스가 떠난 지 한참 뒤의 일이었다.

엄마의 인생 모토는 당시의 여느 엄마와 다름없이 오직 '남들처럼 평범하게 사는 것'이었다고 미루어 짐작한다. 문제는 언제나 '남들'이란 불분명한 존재들이라는 사실이다. 실제로 엄마는 틈만 나면 '남들처럼' 쪼들리지 않고, '남들처럼' 자식들이 말 잘 듣고 공부해 대학에 가고, '남들처럼' 결혼해서 평범하게 살기를 바랐다. 그토록 바라던 가족의 '평범'을 위해 어떠한 불이익도 마다하지 않았는데, 자신을 위해서는 일말의 사치도 포기한 채 희생만 하다가 끝내 어느 하나 제대로 뜻을 이루지 못하고 눈을 감았다.

이 가운데 가장 상상력이 부족했던 건 나였다는 사실을 부정하기 힘들다. 아버지와 엄마야 살아온 시대가 그렇다 쳐도, 나는 충분히 다른 시각으로 세상을 맞이할 수 있었을 텐데도 도대체 어떠한 의심도 없이 '그냥' 살아왔다. 아버지는 잘 안 보이는 사람, 술 마시는 사람, 화내는 사람. 엄마는 밥해주는 사람, 덜 먹고 양보하는 사람, 걱정하는 사람. 그냥 그렇게 각자의 역할대로 사는 것인 줄 알았다.

학교에서도 다르지 않았다. 내가 만난 선생님 중에는 그 누구도 '키팅'은 없었다. 거의 대부분은 '김봉두'였거나 그 동조자들이었다. 나 역시 단 한 순간조차 '헤르만 하일너'나 '데미안'이 되지 못했다. 그저 시키는 대로 행동했고, 보이는 대로 이해했고, 알려주는 대로 믿었다. 아버지가 하는 대로, 엄마가 하는 대로, 학교에서 가르쳐준 대로, 교과서에 쓰여 있는 대로. 그렇게 생각했다. 아니 생각이 없었고 가끔 그 관성대로 세상을 이해했을 뿐이다. 그렇게 나를 제외한 모든 사람을 주변화하면서, 아무 노력도 없이 내가 주인공이 되기를 꿈꾸었으며, 아둔한 탓에 지나치게 오래도록 그 미련을 떨쳐내지 못했다.

타인의 입장에서 생각하고 바라보지 않고서는, 상대를 이해하려는 시도조차 없어서는 어떠한 변화의 기회도 찾아오지 않는다. 같은 의미에서 현재 상황에 대한 의심 없이는, 다른 버전의 삶에 대한 동경과 의지 없이는 그 자리에 머물러 있을 수밖에 없다.

아버지가 집에서 손끝 하나 까딱하지 않고 생활하면서 언제든 엄마와 나에게 명령하는 것을 부당하다고 의심하지 않았다. 둘 중의 하나였다. 아버지가 무서웠거나 그게 당연한 것이라고 믿었다. 엄마가 하루 서너 번 밥상을 차리고 치우는 것이, 빨래하고 청소하고 우리 형제를 키우는 것이, 늘 돈 걱정하면서 아등바등 사는 것이 엄마답다고 생각했다. 아버지처럼 가끔 호탕하게 돈을 쓴다거나 친구를 만나느라 멀리 외출을 한다거나 취미에 빠져 우리의 밥때를 놓치게 하는 일이 어울리지 않는다고 여겼다. 그건 둘 중 하나도 아니었다. 오직, 엄마이기 때문이었다.

나는 한 번도 범주의 바깥을 생각해보지 못했다. 아버지의 태도를 의심했더라면, 엄마에게 보다 감정이입을 했더라면, 새로운 책들을 읽고 신문물을 받아들이고 그러면서 나를 둘러싼 범주에서 벗어난 삶을 상상할 수 있었더라면, 조금이라도 더 나은 사람으로 성장했을 것이다. 하지만 그러지 못했다. 조선시대를 겨우 벗어난, 아니 조선시대와 거의 흡사한 70~80년대 교육을 가정과 학교에서 의심 없이 받아온 나는 전형적인 가부장제 문화의 산물로 성장했다. 인생에서 단 한 번도 선두에 서보지 못했지만, 돌아보니 가부장제 교육만큼은 태어나서부터 꾸준히 '엘리트 코스'를 밟아왔다고 할 수 있겠다.

타인을 대상화하는 것은 편리한 일이다. 타인을 대상화할수록 세상은 쉬워진다. 문제의 해결도 간단하고 명료해진다. 타인의 고통이나 분노나 억울함은 외면하면 그뿐이다. 나만 편하고 나만 좋으면 되고, 나머지는 주변에 불과하므로 적당히 넘어가면 되는 것이다. 가정에서 학교에서 사회에서 주구장창 세습되는 논리와 변명과 외면. 그렇게 세상은 굴러가는 거라고, 어느 날 나는 받아들였다. 때로는 가해자로, 때로는 피해자로.

알게 모르게 가부장제의 '엘리트 코스'를 밟아온 나는 상상하지 않고 의심하지 않으면서 가부장제의 수혜를 받았다. 어느 순간 방조와 침묵을 일상화하고, 그에 걸맞은 충분한 대가를 받았다. 그 혜택과 편리가 누군가 살면서 내내 겪는 어려움과 불편과 차별과 위협의 기반 위에서 자란 열매라는 사실을 간과한 채 말이다.

이제 이 사실을 외면해서는 안 된다고 생각했다. 최소한 주어진 여건 안에서라도 변화를 모색해야 했다. 그것은 주저 없는 의심, 그러니까 상상력 없이는 불가능한 일이었다. 그것은 여성주의에 매료된 이유이기도 했다. 여성주의가 단순히 여성에게 동등한 권리를 제공하라는 주장인 줄만 알았다. 그런데 차츰 학습하며 알게 된 본질은 기존의 질서를 의심하고 새로운 상상력을 발휘하는 인식론, 소외되고

차별받은 사람이 없는지 끊임없이 살피고 성찰하는 철학이었다. 그렇게 의심하고 상상하고 도전하며 보다 새로운 미래를 추구하는, 가장 역동적이며 미래적인 사상이었다.

나는 여성주의를 배워나가며 당연하다고 믿었던 것이 불합리하다는 사실을 알았고, 이상하다고 생각했던 것이 실은 자연스러운 것이라는 사실을 깨달아가고 있다. 사는 내내 절대적으로 믿고 있던 질서들이 제도일 뿐이라는 사실을, 단단했던 신념들이 편견에 찌든 고정관념에 불과하다는 사실을, 빛나게 바라보았던 가치들이 강요된 아름다움에 다름 아니라는 사실을 배우고 있다. 살면서 세웠던 기준들이 하나둘씩 무너지는 순간을 목도하며, 그 너머에 새로운 세상이, 다양한 가능성이 있다는 사실을 확인하고 있다.

나는 상상하기 위해 애쓴다. 누군가를 함부로 대상화하는 것은 아닌지, 편견에 사로잡혀 보이는 대로 혹은 보고 싶은 대로 보는 것은 아닌지, 고정관념에 치우쳐 곡해하고 있는 것은 아닌지, 현상 뒤에 어떤 의도가 숨어 있는 것은 아닌지 주저 없이 의심하고자 한다. 나는 앞으로도 끊임없이 변화하고 싶다.

* 이 책에 인용된 도서와 노래

- 신영복, 《처음처럼》, 돌베개
- 우에노 지즈코 저, 나일등 역, 《여성 혐오를 혐오한다》, 은행나무
- 마리 루티 저, 김명주 역, 《나는 과학이 말하는 성차별이 불편합니다》, 동녘사이언스
- 도리스 레싱 저, 김승욱 역, 《19호실로 가다》, 문예출판사
- 이 책에 수록된 '이종용'의 〈겨울 아이〉(박원빈 작사, 박장순 작곡)의 노래 가사 : KOM-
  CA 승인필

제가 해보니 나름 할 만합니다

초판 1쇄 인쇄 2021년 03월 22일
초판 1쇄 발행 2021년 03월 30일

지은이 김영우
펴낸이 유정연

책임편집 김수진 **기획편집** 장보금 신성식 조현주 백지선 **디자인** 안수진 김소진
마케팅 임충진 임우열 박중혁 정문희 김예은 **제작** 임정호 **경영지원** 박소영

펴낸곳 흐름출판(주) **출판등록** 제313-2003-199호(2003년 5월 28일)
주소 서울시 마포구 월드컵북로5길 48-9
전화 (02)325-4944 **팩스** (02)325-4945 **이메일** book@hbooks.co.kr
홈페이지 http://www.hbooks.co.kr **블로그** blog.naver.com/nextwave7
출력 · 인쇄 · 제본 (주)상지사 **용지** 월드페이퍼(주) **후가공** (주)이지앤비(특허 제10-1081185호)

ISBN 978-89-6596-433-9 03810

• 흐름출판은 독자 여러분의 투고를 기다리고 있습니다. 원고가 있으신 분은 book@hbooks.co.kr로
  간단한 개요와 취지, 연락처 등을 보내주세요. 머뭇거리지 말고 문을 두드리세요.
• 파손된 책은 구입하신 서점에서 교환해 드리며 책값은 뒤표지에 있습니다.